사랑의 입자

청소년 테마 소설
사랑의 입자

1판 1쇄 2018년 9월 21일 | 1판 4쇄 2024년 2월 5일
글쓴이 김리리 김민령 김진나 신현이 이금이 전삼혜 정은숙
펴낸이 김소영
책임편집 곽수빈 | 편집 엄희정 원선화 이복희 | 디자인 신선아 이현정
마케팅 정민호 서지화 한민아 이민경 안남영 왕지경 황승현 김혜원 김하연 김예진
브랜딩 함유지 함근아 고보미 박민재 김희숙 박다솔 조다현 정승민 배진성
저작권 박지영 형소진 최은진 서연주 오서영 | 제작 강신은 김동욱 이순호 | 제작처 한영문화사
펴낸곳 (주)문학동네
출판등록 1993년 10월 22일 제2003-000045호
주소 10881 경기도 파주시 회동길 210
전자우편 kids@munhak.com | 홈페이지 www.munhak.com
카페 cafe.naver.com/mhdn | 인스타그램 @kidsmunhak
트위터 @kidsmunhak | 북클럽 bookclubmunhak.com

대표전화 (031)955-8888 팩스 (031)955-8855
문의전화 (031)955-3576(마케팅) (02)3144-3242(편집)

ISBN 978-89-546-5287-2 03810

이 도서의 국립중앙도서관 출판예정도서목록(CIP)은 서지정보유통지원시스템 홈페이지(http://seoji.nl.go.kr)와
국가자료공동목록시스템(http://www.nl.go.kr/kolisnet)에서 이용하실 수 있습니다.(CIP제어번호: CIP2018027129)

청소년
테마
소설

사랑의 입자

김리리
김민령
김진나
신현이
이금이
전삼혜
정은숙

문학동네

| 차 례 |

김 민 령 …

혜성이 지나가는 밤

골목길을 빠져나가기 직전, 집이 저만큼 보이자마자 걸음을 멈추었다. 집 앞에 경찰차 경광등이 반짝이고 있었다. 몇몇 이웃들이 대문 안을 기웃거리며 무리 지어 서 있는 모습이 보였다. 나는 누가 알아볼까 봐 얼른 오른쪽 담장에 붙어 섰다. 기다렸다는 듯이 집 안에서 우어어어, 하고 괴성이 들려왔다.

지긋지긋하고 지랄맞아서 얼른 죽었으면 싶은데 한편으로는 불쌍해서 가슴이 미어지게 아픈 인간. 언젠가 엄마는 전화기에 대고 그렇게 말했다. 누구랑 통화하는지는 알 수 없었지만 누구에 대해 말하는지는 금세 알 수 있었다. 아버지, 불쌍하고도 지랄맞은 우리 아버지. 몇 년 전 운영하던 공장을 접은 뒤 아버지는 완전히 다른 사람이 되었다.

중간고사를 보고 돌아오는 길이었다. 지독한 감기 몸살이 아니었으면 이렇게 이른 시간에 집에 오지 않았을 것이다. 시험이 끝날 때마다 신이 난 아이들이 시내로 우르르 몰려 나가는 걸 봐도 나는 아무렇지 않았다. 내 등 뒤에서 아이들이 눈짓을 주고받으며 고개를 절레절레 젓는다는 것도 알고 있었다. 면학실에 갔더니 환기구가 웅웅대는 소리에 섞여 낡은 책 냄새가 났다. 퀭한 얼굴 몇몇이 고개를 들었다가 이내 자신의 일로 돌아갔다. 자리에 앉은 지 얼마 되지 않아 몸이 덜덜 떨려 오기 시작했다. 참아 보려 했지만 이가 딱딱 맞부딪치자 칸막이 건너에 있던 남학생 하나가 나지막이 투덜거렸다.

나는 담장에 바짝 붙어 언니에게 문자메시지를 보냈다. 언니, 아버지가 또 술에 취했어. 집에 들어갈 수가 없어. 머리가 깨질 것처럼 아파. 나 좀, 거기까지 썼다가 모두 지워 버렸다. 나는 느릿느릿 다시 문자를 썼다. 언니, 오늘 하루는 어때?

투둑, 빗방울이 떨어지기 시작했다. 메마른 시멘트 바닥에 굵은 자국이 생기는가 싶더니 쏴아 빗소리가 거세어졌다. 먼지 냄새가 피어올랐다. 골목 한쪽에 놓여 있던 화분에서는 노란 팬지꽃이 고개를 툭툭 떨구었다. 나는 오래전 문 닫은 라면집 유리문 앞에 쭈그리고 앉았다. 푸른색 낡은 차양이 겨우 비를 가려 주었다. 집을 저 앞에 두고도 들어갈 수 없다니. 온몸이 바스러질 것처럼 아팠다. 나는 무릎에 얼굴을 묻었다.

딸랑딸랑, 종소리가 나는가 했는데 뒤쪽에서 유리문이 열렸다. 한없이 무거운 고개를 들어 돌아보니 조그만 여자아이가 나를 내다보고 있었다. 아이는 내 젖은 머리카락과 덜덜 떨리는 어깨를 한참 동안이나 바라봤다.

아이를 따라 들어간 라면집 안은 어둑어둑했다. 낡은 테이블

두 개를 지나자 왼쪽에 작은 살림방이 나왔다. 방 안쪽 유리창으로 빗줄기가 불규칙적인 선을 그리며 흘러내리고 있었다. 내다보면 이면도로 건너편에 자리 잡은 우리 집이 보일 터였다. 나는 가방을 내려놓자마자 노란 장판이 깔린 바닥에 드러누웠다. 입에서는 저절로 신음 소리가 새어 나왔다.

어느새 잠들었는지 알 수 없었다. 두툼한 유리잔을 들고 따뜻한 매실차를 꿀꺽꿀꺽 마신 일이나 아이가 내게 조금 눅눅한 이불을 덮어 준 일, 드르륵 미닫이문이 닫힌 일 모두 꿈처럼 까마득했다.

나는 불길한 꿈속을 헤매다 퍼뜩 깨어났다. 그리고 잠깐 동안 어리둥절해 있다가 겨우 내가 어디에 누워 있는지 알아차렸다. 방 안은 어두웠지만 미닫이문의 불투명한 유리를 통해 빛이 비쳐 들고 있었다. 교복 주머니에서 폰을 꺼내 시간을 확인했다. 아홉 시 반. 부재중 전화는 없었다.

밖에서 두런두런 말소리가 들렸다.

"아무나 문 열어 주지 말라고 했잖아."

"아무나 아니야. 저기 이층집 언닌데." 아까 그 아이였다. "오빠 친구잖아."

친구라니, 누구일까. 아침과 저녁, 늘 지나치는 골목이었지만 나는 라면집에 대해 아는 바가 전혀 없었다. 라면집이 언제부터 거기 있었고 언제 문을 닫았는지, 그 안에 누가 살고 있는지 아무것도 알지 못했다.

“친구는 무슨.”

“옛날에 같은 반이었다며. 나한테 같은 반 애들은 다 친구라더니.”

아이의 오빠는 한동안 말이 없었다. 냄비나 그릇 같은 것들이 달그락거리는 소리만 계속되었다.

“파는 넣지 마.” 아이가 말했다. “경찰이 왔었어. 럭키슈퍼 할머니가 또 신고했나 봐. 그런데 언니가 엄청 아파 보였어.”

조금 사이를 두고 아이의 오빠가 말했다. “자, 이제 먹어.”

나는 다시 잠이 들었다. 이번엔 꿈도 없이 깊은 잠이었다.

새벽에 일어나 보니 옆에 여자아이가 자고 있었다. 가까운 고가도로에서 덜컹덜컹 무거운 트럭 지나가는 소리가 들렸다. 나는 맨바닥에 떨어져 있는 아이의 머리를 베개 위에 놓아 준 뒤 대충 옷매무새를 만지고 가방을 챙겼다.

가게 홀은 어두웠지만 유리문 근처는 가로등 불빛이 비쳐 들어오고 있었다. 나는 소리를 내지 않으려고 조심하면서 방을 나와 유리문으로 다가갔다. 하지만 문은 잠긴 채였다. 나는 어쩔 줄 몰라 잠깐 멍하니 골목을 내다보며 서 있었다.

곧 뒤에서 슬리퍼 끄는 소리가 들리더니 기다란 실루엣 하나가 어둠 속에서 나왔다. 그림자는 아무 말도 없이 다가와 팔을 쭉 뻗어 유리문 위쪽의 잠금장치를 풀었다. 나는 흘깃 가로등 불빛을 받은 얼굴을 볼 수 있었다.

내가 라면집을 나선 뒤에도 한참 동안 유리문 닫히는 소리는 들리지 않았다. 뒤를 돌아보지 않았지만 이면도로를 건너 대문 앞에 다다를 때까지도 잠잠했다. 비가 고인 웅덩이에 노란 가로등 불빛이 떠 있었다.

집 안은 조용했다. 안방에서 엄마의 낮게 코 고는 소리가 들렸다. 엄마는 또 경찰들에게 얼마나 굽실거려야 했을까.

나는 교복을 입은 채 침대 위에 누워 있다가 문득 계시처럼 그 애의 이름을 떠올렸다. 승조. 이승조. 5학년 때 서울에서 전학 와서는 걸핏하면 울음을 터뜨리던 아이. 우린 걔한테 아무 짓도 안 했는데요. 그저 옆에 있다가 호통을 들은 아이들은 차츰 승조 옆에 다가가지 않는 게 안전하다는 걸 깨달았다. 더 이상 울지 않게 된 뒤로도 그 애는 친구를 사귀지 못했다. 승조가 갑자기 부모님을 잃고 할머니 집에 살러 왔다는 이야기는 아주 나중에야 들을 수 있었다.

늘 지나다니는 길은 눈여겨볼 일이 없다. 라면집이 있는 골목길은 버스가 다니는 큰길로 나가기 위해 그저 빠르게 지나야 할 통로에 불과했다. 나는 그 일이 있은 뒤로 골목길을 오갈 때마다 라면집을 흘끔거렸지만 좀처럼 승조도, 승조의 동생도 볼 수 없었다.

집 앞 이면도로는 내가 졸업한 초등학교로 이어져 있었다. 이면도로를 따라 문구점, 분식점, 빵집, 슈퍼, 철물점, 피아노 학원 같은 상점들이 늘어서 있었는데 상점들마다 나이 많은 주인들이 오래된 비석처럼 앉아 있었다. 젊은 사람들은 어쩐지 오래 견디지 못하였다. 아무려나 도시는 늙어 가고 있었다. 해가 바뀔 때마다 초등학교 입학생 수를 둘러싸고 술렁거린 지는 오래되었다.

나는 매일 아침과 저녁 언니에게 문자를 보냈다. 답은 아주 드문드문 날아왔다. 응, 그래. 공부 열심히, 파이팅. 답장의 간격은 날이 갈수록 길어졌다. 학교 강의실이나 실험실에 있을지, 과외를 하고 있을지, 아니면 또 다른 알바를 하고 있을지 언니의 동선을 알 수 없어 전화는 걸지 않았다. 너는 딴생각 말고 공부만 해. 언니가 어떻게든 할 테니까. 작년 추석에 언니는 집에 들르지 못한다는 전화를 걸어 그렇게 말했다. 엄마는 내 성적이나 진로에 대해 아무 말이 없었다. 하지만 나까지 서울에 있는 대학에 보낼 여력이 없다는 것만은 분명했다. 그즈음 엄마한테서는 어떤 표정도 찾아볼 수가 없었다.

어느 날 아침, 여느 때보다 일찍 집을 나서는데 라면집에서 나오는 승조가 보였다.

"실내화 까먹지 말고."

승조는 안에 대고 소리친 다음 몸을 돌리다가 나를 보았다. 그리고 조금 머뭇거리더니 이내 큰길을 향해 걷기 시작했다.

우리는 다섯 걸음 정도 떨어진 채 앞뒤로 골목길을 걸었다. 승조는 어둠 속에서 봤을 때보다 훨씬 키가 커 보였다. 검은색 배낭은 한쪽에 걸쳐 메었고, 회색 교복 바지 밑으로 앙상한 발목이 드러나 있었다. 아침 햇살을 받은 머리카락이 갈색으로 반짝거렸다.

우리 둘 사이의 거리는 좀처럼 줄지 않았고 버스 정류장에 이르러서야 승조를 따라잡을 수 있었다. 이른 아침 정류장에는 우리 둘뿐이었다.

"왜 아는 척 안 해?"

내가 말을 걸자 승조가 나를 보았다. 그러나 곧 버스를 확인하려는 듯 내 뒤쪽으로 눈길을 보냈다.

"너 나 모르잖아."

"알아. 이승조. 맞지?"

승조는 나를 보지 않았지만 표정이 어두워졌다. 어쩌면 맨 처음 전학 왔을 때 초등학교에서 있었던 일들을 떠올리고 있는지도 모를 일이었다. 아니면 전학을 올 수밖에 없었던 이유에 대해서 생각했든지. 승조의 귀가 조금씩 빨개졌다.

"저번에 미안했어."

내가 말했다.

고마웠다고 말했어야 했나 하는 생각은 버스에 올라탄 후에야 떠올랐다. 창밖을 내다보니 그제야 승조가 나를 똑바로 올려다

보고 있었다. 나는 더 이상 보이지 않을 때까지 고개를 돌려 승조를 바라보았다.

그날 저녁, 내가 라면집 문을 두드린 것은 면학실에서 쫓겨났기 때문이 아니었다. 중간고사 때 컨디션으로 봐서 면학실 입실 성적이 되지 않을 것은 이미 잘 알고 있었다. 면학실에서 짐을 싸 갖고 나오던 아이들 중에는 계단에서 왈칵 울어 버린 아이도 있었다. 어떡해, 엄마한테 뭐라고 말해. 나는 그 아이를 지나치면서 과연 우리 엄마가 면학실에 대해 알고는 있을지 궁금해졌다.

J고에서 전체 30석밖에 없는 면학실에 들어간다는 것은 J시 학부모들의 자랑거리가 되곤 했다. 수능 때까지 면학실에 머무른다면 학교의 특별 관리 대상이 되어 입시에도 유리할 것이었다. 선택과 집중이지 뭐. 면학실에 들어가지 못하는 아이들도 대개는 운명처럼 차별 대우를 받아들였다. 하지만 내가 주관식 점수에 이의를 제기하거나 토론대회 참가 신청 같은 걸 할 때마다 담임은 반응이 미적지근했다. 그럴 리 없다는 걸 알면서도 나는 엄마가 담임에게 연락을 하지 않았을까 의심했다. 우리 아이는 서울에 보내지 않을 겁니다.

잠깐 들른 해장국집에서 엄마한테 냉대를 받아서도 아니었다.

엄마는 비닐에 싼 선지해장국을 들려 주며 얼른 집에 가라고 내쫓다시피 했다. 냉장고에 이미 똑같은 봉지가 세 개나 있다는 걸 모르는 것 같았다. 마침 저녁 시간이라 좁은 해장국집 안은 손님들로 붐볐다. 싸고 양이 많은 24시간 해장국집이라 손님들은 행색이 죄다 남루했다. 엄마는 그들에게서 구겨진 지폐를 받아 아버지의 빚을 갚고 있었다. 현금 환영. 간이 카운터에는 누렇게 변색된 종이가 붙어 있었다.

아버지가 홀로 지키고 있는 집에 들어가고 싶지 않아서도 아니었다. 집에서는 아버지가 불도 켜지 않은 채 머그컵에 소주를 따라 마시고 있을 것이었다. 텔레비전 일일드라마에서는 매번 싸움이 벌어졌다. 화를 내고, 소리를 지르고, 물컵을 들어 상대에게 뿌렸다. 어룽어룽 텔레비전 화면 빛을 받고 있는 아버지는 더없이 온화한 표정을 하고 있을 것이다. 갑자기 가슴속에서 분통이 터져 나오기 직전까지는.

나는 울고 싶었지만 울어 본 지가 언제인지 까마득했다. 그래서인지 걸핏하면 눈물을 흘리던 승조가 어떻게 변했는지 알고 싶었다. 아니, 그냥 승조를 한번 보고 싶었다. 나는 손바닥으로 세차게 라면집 문을 두드렸다.

승조는 지난번처럼 어둠 속에서 나오더니 팔을 뻗어 유리문의 잠금장치를 풀었다. 그리고 놀란 얼굴로 내가 건네는 해장국을 받아 들었다.

"이런 거 먹는지 모르겠는데."

"아." 비닐봉지 안을 들여다본 승조가 슬며시 미소를 지었다.

"잘 먹을게."

우리는 잠시 서로를 바라보고 서 있었다.

"동생은?"

"승희? 오늘은 일찍 자네. 현장학습을 갔다 왔거든."

승조가 슬쩍 몸을 돌려 안쪽을 보더니 미안하다는 듯 웃었다. 그러고도 내가 움직일 생각을 하지 않자 한 걸음 물러서더니 문을 조금 더 열었다.

"들어올래?"

나는 안으로 들어갔다.

우리는 둘 다 뭘 해야 할지 몰라 테이블을 사이에 두고 멀뚱히 각자 다른 곳에 눈길을 주고 있었다.

"우리 아버지, ……알지?"

"응."

"바로 앞이라 가끔 시끄러웠겠다. 그렇지?"

"뭐, 괜찮아."

내가 테이블에서 의자를 끌어내 앉자 승조도 저만큼 멀리 떨어진 자리에 앉았다.

"여긴 정말 조용하다." 나는 조금 눈시울이 시큰거렸다. "난 조용한 게 좋아."

"그래." 승조가 고개를 끄덕였다.

처음에 승조는 내가 찾아갈 때마다 어쩔 줄 몰라 했다. 하지만 어차피 배달 일을 하느라 밤늦게까지 집을 비우는 게 예사였다. 나는 승조가 돌아오는 늦은 밤까지 라면집에 머물며 승희와 시간을 보냈다. 승조가 돌아올 때쯤에는 승희도 이미 잠들어 사방이 고요했다. 고가도로를 달리는 차 소리만 희미하게 공기 중에 떠돌고 있었다. 우리 둘 다 차츰 그 시간에 익숙해졌다. 승조는 내가 마저 공부를 마칠 때까지 가만히 기다려 주었다. 그리고 매일 밤 내가 우리 집 대문 앞에 다다를 때까지 지켜봐 주는 것도 잊지 않았다.

나는 승조의 배웅을 받으며 되도록 느릿느릿 걸었다. 그러나 한 번도 뒤돌아본 적은 없었다. 엄마는 내 늦은 귀가를 아는지 모르는지 아무 말도 하지 않았다.

승희는 아예 라면집 테이블 하나를 내 책상으로 만들어 주었다. 꼼꼼히 걸레질을 하고 어디선가 낡은 스탠드 하나를 가져다 놓아 주었다. 나머지 테이블 하나는 승희의 책상이었다. 주말이면 내가 모의고사를 푸는 동안 승희도 옆에서 공부방 숙제를 했다. 차분하고 조용한 아이였다.

"동생은 공부를 아주 잘해. 아직 5학년밖에 안 됐는데 중학교 수학 문제를 풀어."

어느 일요일 오후, 승조가 방문턱에 걸터앉아 있다가 말했다. 무릎 위에는 파란 오토바이 헬멧이 놓여 있었다. 라면집 안 깊숙이 지는 해가 비껴 들어왔다. 승희는 놀러 나가고 없었다.

나는 고개를 들고 웃었다.

“무슨 자랑을 하면서 그렇게 슬픈 표정을 짓냐.”

“모르겠어. 승희 공부방 선생님한테 얘길 듣는데 갑자기 울고 싶더라.”

승조의 얼굴에는 문득 겁에 질려 있던 어릴 적 표정이 떠올랐다. 승조는 내가 웃기를 멈추자 머쓱하게 미소를 지었다. 그리고 걱정 마, 안 울어, 라고 말하는 듯 헬멧을 한 손으로 탁탁 두드렸다.

“3학년이 되면 현장 실습을 나갈 거야. 그럼 시내에 있는 좋은 학원에 보내 줘야지.”

“역시 좋은 오빠야.”

가까웠다면 나는 승조의 머리를 쓰다듬어 주었을지도 모른다.

승조가 나가고 난 뒤 폰을 들어 문자를 썼다. 언니, 언니는 내 생각을 할 때 어떤 기분이 들어? 하지만 보내기 버튼은 누르지 못했다.

혜성이 지나간다는 뉴스로 온 세상이 들썩였다. 며칠 전부터 인터넷이고 텔레비전이고 사방에서 떠들어 댄 덕에 혜성에 대해 모르는 사람은 아무도 없을 지경이었다. 그날 아침, 욕실에서 나오는데 웬일로 아버지가 거실에 나와 있었다. 평소라면 여전히 한

밤중이거나 술병이 난 채로 끙끙거리고 있을 시간이었다.

"정은아."

나는 계단에 한 발을 올려놓은 채로 아버지를 돌아봤다.

"오늘 밤 혜성이 지나간다더라." 아버지는 어딘가 들뜬 표정을 짓고 있었다. "몇십 년 만에 한 번 오는 거라는데."

"……네."

"오늘도 늦냐? 매일 공부할 게 그렇게 많아?"

나는 뭐라고 대답해야 할지 몰라 가만히 서 있었다.

"오늘 아빠랑 별 구경 할까?"

"……봐서요."

2층으로 올라가는데 등 뒤에서 아버지가 촤락, 커튼을 열어젖히는 소리가 들려왔다.

아빠가 요즘 술을 줄이고 있어. 엄마는 며칠 전 내 방에 들어와 환한 얼굴로 말했었다. 내일부터는 가게 나와서 일도 거들어 준대. 엄마는 책상 위에 어질러진 문제집들을 모아 탁탁 정리하면서 말을 이었다. 이젠 됐다, 다 됐어. 좀처럼 2층에 올라오는 일이 없는 엄마는 내 방에서 산만하게 이것저것 건드리다가 급한 일이 생각난 것처럼 이내 밖으로 나갔다.

나는 등교 시간이 임박할 때까지 침대에 앉아 창밖으로 하늘을 바라보았다. 엄마는 어떤 마음으로 몇 년 동안이나 저런 아버지를 지켜봐 주고 있는 걸까? 한때 나는 엄마가 내 손을 잡고 아버지 곁을 떠나 주기를 간절히 바랐지만 이미 오래전에 포기했다. 그저 언니에게 문자를 쓸 뿐. 언니, 오늘 하루도 잘 지내. 6월의 하늘은 끝내주게 맑았다.

하지만 그날 아버지는 혜성을 보지 못했다. 낮에 해장국집에서 손님이랑 시비가 붙었고, 동네로 돌아와서는 슈퍼 할머니랑 몸싸움을 벌였다. 슈퍼 앞 과일 진열대가 엎어지자 또다시 경찰차가 번쩍번쩍 붉고 푸른 빛을 뿌리며 나타나 아버지를 연행해 갔다. 경찰관들의 얼굴에는 지긋지긋하다는 표정이 어려 있었다.

밤늦게 승조가 돌아왔을 때 나는 라면집 한쪽에 놓인 낡은 소파 위에 우두커니 앉아 있었다. 승희는 내 무릎을 베고 잠이 든 채였다.

승조는 운동화를 벗고 슬리퍼로 갈아 신었다. 그리고 냉장고에서 물을 꺼내 마시다가 그제야 내 표정이 심상치 않다는 사실을 눈치챘다. 빈 컵을 든 채로 잠자코 나를 바라보았다.

"승조야."

"응."

"오늘 밤 혜성이 지나간다는 거 알아?"

승조가 컵을 싱크대 위에 내려놓았다.

"뭐, 그렇다더라."

"84년에 한 번 오는 거래. 우리 엄마는 이제 다시는 저 혜성을 못 보겠지?"

승조는 내게 다가와 으쌰, 하고는 승희를 안아 올렸다. 승조의 얼굴이 내 뺨 가까이 왔다가 금세 멀어졌다. 내가 구겨진 교복 치마를 펴는 동안 승조는 승희를 방에 데려다 누이고 이불을 꺼내 펴기 시작했다. 나는 무릎 위에 팔꿈치를 대고 머리를 감쌌다.

"84년이면, 지금 지구상에 있는 사람들 99퍼센트는 다시 못 볼 것 같은데." 어느새 밖으로 나온 승조가 말했다. "그 사이에만도 태어났다가 죽는 사람이 수도 없이 많을 테고."

"그래. 나도 알아." 나는 웅얼거리며 대답했다.

승조는 나를 데리고 라면집 옥상으로 올라갔다. 옥상에는 승조네 할머니가 라면집을 하던 시절 쓰던 장독대가 그대로 남아 있었고, 한쪽에는 주인 없는 개집도 있었다. 내 방 창문에서 바로 건너다보일 만한 위치였지만 나는 한 번도 유심히 바라본 적이 없었다. 우리 집은 불이 모두 꺼진 채 캄캄하게 웅크리고 있었다. 지치고 상처 입은 짐승처럼 보였다.

내가 한참 우리 집을 바라보는데 승조가 옆에 다가와 섰다.

"언젠가 한번은 네 방에 불이 꺼질 때까지 여기 앉아 있었던 적이 있어."

나는 고개를 돌려 승조의 옆얼굴을 바라보았다. 승조는 나를 보지 않은 채 말을 이었다.

"그런데 아무래도 안 꺼지는 거야. 아, 졸려서 안 되겠다, 하고 내려가서 잤지. 역시 공부 잘하는 애들은 다르구나 하면서."

"나는 매일 언니한테 문자를 보내." 내가 말했다. "내가 서울에 있는 대학에 합격만 하면 언니가 같이 살자고 했거든. 보증금을 모으려고 언니는 알바를 몇 개씩 하고 있어."

승조는 여전히 고개를 돌리지 않았다.

"언니가 징징댄다고 싫어할까 봐 어떻게 되어 가느냐고 물어본 적은 없어. 그래도 매일 문자를 보내. 언니, 오늘은 어때? 오늘 잘 지냈어?"

"착한 동생이네."

승조가 나지막이 혼잣말처럼 대답했다. 나는 승조가 손을 들어 내 머리를 쓰다듬어 주지 않을까 잠깐 기대했지만 승조는 움직이지 않았다.

"생각해 봤는데…… 나는 왜 이렇게 답도 없는데 문자를 자꾸 보내는 걸까. 아마 언니가 나를 잊어버릴까 봐 겁이 나는 것 같아. 나 여기 있다고, 제발 잊지 말라고 SOS 같은 걸 보내는 거야."

"잊어버릴 리 없어." 승조가 말했다. "그래도 그렇게 해서 안심이 된다면 문자는 계속 보내."

"응, 그럴게."

"여기서 기다리자. 혜성이 지나가면 보고, 너무 졸리면 가서 자고." 승조가 하늘을 올려다보며 말했다. "그나저나 84년이라니…… 정말 아득하다."

바람이 불자 승조의 머리카락이 나풀거렸다. 나는 손을 뻗어 승조의 머리를 쓰다듬고 싶은 마음을 꾹 누르고 밤하늘을 올려다보았다. 승조도 두 손을 바지 주머니에 찔러 넣은 채 고개를 들고 미동도 하지 않았다.

승조와 나는 잠자코 하늘을 올려다보며 서 있었다. 밤하늘은 어두웠고, 아주 먼 곳에서부터 부드러운 바람이 일정한 간격을 두고 불어왔다. 눈이 밤하늘에 익숙해질수록 별들이 하나둘 계속해서 모습을 드러냈다. 곧 하늘은 별들로 가득 찼다. 나는 내내 옆에 있는 승조에게 집중했다. 시간이 갈수록 텅 빈 세상에 우리 둘만 있는 것처럼 아찔하고, 이상하게도 슬퍼졌다. 밤공기 중에는 희미하게 풀 냄새가 났다. 그것으로 충분한 밤이었다.

우리 역시 그날 밤 혜성을 보지 못했다. 혜성이 너무 늦게 나타난 것인지, 우리가 서로에게 한눈을 파는 사이 하늘을 가로질러 재빠르게 지나가 버린 것인지, 아니면 혜성이라는 게 맨눈으로는 볼 수 없는 것이었는지 알 수 없었다. 전날까지 온 세상이 떠들어대던 것에 비하면 한밤중 도시는 너무나 조용했다.

하지만 모르긴 몰라도 새벽 두 시쯤 온 동네 사람들 중 절반은 깜짝 놀라 잠에서 깨어났을 것이다. 어둠을 뚫고 고함과 비명이 난무했으니까.

"어디서 공고 다니는 양아치 새끼랑 어울려 다니느라 외박이야!”

나는 내 방으로 들어가 형광등 스위치를 켜자마자 침대 위로 나동그라졌다. 급습이었다. 눈이 붉어진 아버지가 씩씩거리며 서 있었다. 나는 몸을 일으키자마자 다시 한 대 얻어맞고 휘청거렸다. 그러나 온몸을 던져 몇 번이나 시도한 끝에 겨우겨우 창문을 닫을 수 있었다. 내가 한사코 창문을 닫으려 했던 게 아버지의 화를 더욱 돋운 모양이었다. 아버지가 주먹을 쥐었다.

창문을 닫기 전 잠깐 맞은편 옥상에서 그림자 하나를 본 것 같았지만 승조인지는 알 수 없었다. 나는 그대로 기절하고 말았다.

어떤 상황에서도 아버지를 감싸고 불쌍히 여기던 엄마도 이번만큼은 아빠에게서 등을 돌렸다. 이 미친 인간아, 내 딸이야, 내 딸! 차라리 나가 죽어! 그 새벽 가장 시끄러운 비명은 엄마에게서 터져 나온 것이었다. 다음 날 유치장에서 나온 아버지는 제 발로 병원을 찾아 입원했다.

나는 한동안 집 밖을 나가지 못했다. 입술이 터지고 찢어진 왼쪽 눈두덩이는 부어올라 몰골이 말이 아니었다. 의사는 광대나 코뼈가 무사한 게 기적이라고 말했다. 나는 얼굴 사진을 찍어 언니에게 보내려다 관두었다. 대신 거울에 엉망진창인 얼굴을 비춰 보며 웃어 보았다. 웃는 게 아니라 찡그린 것처럼 보였다. 언니, 오늘은 어때? 여느 때와 똑같은 문자메시지만 잊지 않고 보냈다.

밤이면 커튼을 살짝 들추고 라면집 옥상을 건너다보았다. 그

때마다 옥상에는 우두커니 서 있는 승조의 실루엣이 떠 있었지만 나는 한 번도 불을 켜지 않았다. 불을 켜면 내 부어터진 얼굴이 보이기라도 할 것처럼.

기말고사 때가 되어서야 다시 등교를 할 수 있었다. 공식적으로 나는 교통사고 환자였으므로 얼굴과 팔에 남아 있는 상처와 멍쯤은 아무렇지도 않았다. 하지만 웬만한 아이들은 다 내가 아버지에게 두들겨 맞았다는 사실을 알고 있었다. 그 이유가 밤마다 특성화고 남학생이랑 자러 다니다 걸렸기 때문이라고, 그래서 성적도 그렇게 떨어진 것이라는 뻔한 소문이 낡은 신문지 조각처럼 떠돌았다. 인근 도시로 폭주 뛰는 아이들 사이에서 나를 봤다는 목격담도 있었다. 화장실에서 만나는 여학생들은 내 배와 허리를 흘끔거리곤 했다. 그래도 나는 꼬박꼬박 시험을 치렀고, 매 시간 컴퓨터용 사인펜을 쥔 손에 잔뜩 힘을 주었다.

내가 다시 면학실에 들어가게 되자 소문은 금세 가라앉았다. 얼마 있으면 여름방학이 시작될 참이었다.

오랫동안 승조를 보지 못했다. 내가 라면집을 찾아갈 때마다 문은 굳게 닫혀 있었고, 불빛이 새어 나오는 일도 없었다. 장마가 지나고 길고 긴 여름이 왔다가 느릿느릿 물러갔다. 승조야, 전화해 줘. 유리문에 붙여 놓은 포스트잇은 점점 말리고 구겨지다가 마침내 바닥으로 떨어졌다.

어느 날 밤, 늘 그렇듯 고개를 숙이고 골목을 지나치려는데 딸랑딸랑 종소리가 들렸다. 나는 라면집 안으로 뛰어들었다.

"승조야."

거기에는 정말 승조가 서 있었다. 승조는 아무 말 없이 내 눈을 들여다보았다.

"이승조."

"응."

승조가 조금 잠긴 목소리로 대답했다.

"네가 영영 가 버린 줄 알았어."

"할머니가 돌아가셨어."

"할머니가 살아 계신 줄 몰랐는데."

그러고 보니 승조는 살이 조금 더 빠져서 핼쑥해져 있었다.

"그냥, 이것저것 좀 일이 많았어."

"나도 그랬는데."

나는 조금 웃었다. 하지만 웃는 얼굴로 보였을지는 모르겠다. 승조도 조금 웃었다. 어쩌면 울상을 지은 걸지도 몰랐다. 우리는 서로에게서 자신의 얼굴을 보며 애써 웃었다.

"힘들었겠다."

"너도."

우리는 한참 동안 마주 보고 서 있었다. 가로등 불빛이 깜빡깜빡 꺼졌다 켜졌다 하며 승조의 얼굴을 비추었다. 승조가 손을 뻗어 아주 조심스럽게 내 손을 잡았다. 나도 손에 힘을 주어 승조의 손을 꽉 맞잡았다.

혜성은 지금 어디쯤 가고 있을까. 여기에서 얼마만큼 멀어졌을까. 혜성은 거대한 얼음 덩어리, 기다란 꼬리를 이끌고 검고 텅 빈 우주를 가로질러 날아간다. 외롭고 고달프게, 그러나 쉬지 않고. 언젠가 다시 만날 때까지 안녕, 나의 혜성.

"갈게."

"그래."

승조가 딸랑딸랑, 유리문을 열었다.

나는 마지막으로 승조의 얼굴을 한번 본 뒤 골목으로 나섰다. 골목을 빠져나가기까지 열두 걸음, 거기서 우리 집 대문 앞까지는 스물아홉 걸음. 먼 데서 부아앙, 오토바이 엔진 소리가 들려왔다.

나는 대문 앞에 다다른 다음 잠시 기다렸다가 천천히 뒤를 돌아보았다. 아주 조용한 가을밤이었다.

전삼혜 … 모르는 이야기

비가 내리기 시작한 하늘은 잿빛이었다. 하늘은 잿빛이었지만 소년에게는 수십 가지 색이었다. 그러나 그 색깔들을 소리 내어 말할 수는 없었다. 고아이기 때문에 언제, 어떻게 말을 잃게 되었는지는 모르겠지만, 기억하는 처음부터 소년의 세계에는 언어가 없었다. 아니, 이제 문자는 존재하는 세계가 되었지만…….

아직 빳빳한 천공 카드 한 묶음과 '와인드업'의 부품이 가득한 가방을 들고 소년은 기차를 탔다. 와인드업. 사람의 목소리를 들으면 받아쓰는 기계. 정확히는 사람의 목소리를 들으면 기계에 삽입된 천공 카드의 단어들로 인식하고, 손가락 끝의 펜촉으로 써내는 기계. 다양한 필적과 세련된 어휘를 가진 와인드업은 사회적 지위의 상징 같은 존재다. 그러나 천공 카드가 삽입되지 않은 기계는 그저 사람과 닮은 인형일 뿐, 실제로 기계가 제 역할을 하게 하는 것은 천공 카드에 있는 단어들이었다. 오직 기계만이 해독할 수 있는 구멍 뚫린 카드. 그리고 그 카드를 만드는 사람, 매그넘. 소년에게 일자리를 소개시켜 준 사람. 문자를 알면 안 된다고 한 사람. 문자를 알고 일자리를 잃어버린 지금, 아마 새 일자리 또한 소개시켜 줄 사람.

소년이 매그넘을 찾아가자 매그넘은 소년에게 물었다. 무엇이 가장 두렵냐고. 소년은 펜을 움직여 '배고픔'이라고 썼다. 매그넘은 잠시 그 단어를 내려다보다가 소년에게 질문했다. 악몽을 꾼 적 있니? 유령이 무서워? 귀신이 나오는 집은? 소년은 악몽을 꾸었냐는 질문에만 고개를 끄덕이고 나머지 질문에는 고개를 저었다.

귀신도 유령도 괴물도 무섭지 않았다. 고아인 소년에게는 배고픔이 가장 무서웠다. 매그넘은 소년의 눈을 지그시 들여다보았다.

"와인드업의 수리와 천공 카드 관리를 같이 해 줄 사람을 찾는 노부인이 있다. 분명 너를 환영할 거다."

소년의 진짜 재능은 와인드업을 다루는 것이 아니었다. 보통의 사람에게는 한 가지로 보이는 색깔을 소년은 수백 가지로 나눌 수 있었다. 저 빨강은 오전 여덟 시 빅벤 꼭대기에 걸린 빨강, 저 빨강은 넘어진 무릎에서 갓 배어 나온 빨강. 하지만 그런 재능이 반드시 일자리를 보장해 주는 것은 아니었다. 소년은 매그넘의 제안을 받아들였다.

"이 잡지들을 읽어. 나는 소개장을 쓸 테니. 시간이 좀 걸릴 거다. 그동안 위층 창고에서 지내라."

매그넘은 방 안을 뒤져 소년에게 싸구려 잡지 여러 권을 건네주었다. 짧은 주기로 발행되는 잡지는 활자체로 인쇄되어 있었다. 편지의 필기체와는 다른 활자체에 익숙해지기 위해 소년은 잡지들을 읽고 또 읽었다. 싸구려 잡지 중에서는 그나마 잘 팔리는 편이라는 잡지.

소년은 매그넘이 읽으라고 한 '미스 캣토닉'의 글을 계속 읽었다. 기괴한 공포 소설이었다. 지금까지 접한 단어와는 다른 단어들이 그 안에서 물결쳤다. 길거리에서 접하지 못한 단어. 편지에도 등장하지 않던 단어. 이를테면 이야기 안이기에 존재할 수 있는 단어들이었다. 허황되고 절대 일어날 것 같지 않은 사건을 말하는 단어들. 소년은 매그넘의 사환이 부르면 식사를 하고 나머지 시간은 비가 추적추적 내리는 것을 보거나 책을 읽었다.

두 주가 지난 어느 날 아침, 매그넘은 식탁에서 소년에게 편지를 내밀었다. 펜촉이 많이 닳았는지 글씨는 들쭉날쭉했고 편지에서 보기 드물게도 활자체였다. 편지에는 소년이 빨리 왔으면 좋겠다고, 편지는 손으로 써야 하지만 본인의 건강이 좋지 않아 '알렉스'에게 쓰게 한다는 내용이 적혀 있었다. 소년이 '알렉스'라는 글자를 손으로 짚자 매그넘은 어깨를 으쓱했다.

"그 사람 와인드업의 이름인가 보다."

내 이름은 뭘까. 소년은 짐을 싸며 생각했다. 그러나 곧 생각을 포기했다. 누군가 이름을 붙여 주면 그것이 소년의 이름이 되었으니까. 공장에서 일했을 때, 저택에서 일을 했을 때의 이름이 달랐고 길에서 생활할 때는 이름이 없었다. 누군가 이름을 붙여 주어도 그 사람과의 관계가 끝나면 사라지는 것이 소년의 이름이었다.

소년은 기차에서 내렸다. 걸어가기엔 먼 거리였지만, 소년은 걷기로 했다. 숲 하나를 지나며 소년은 '미스 캣토닉'의 글에 나오던 단어들을 떠올렸다. 이제 소년의 고용주가 될 사람이 쓴, 미끌거리고 어둑어둑하고 습기 찬 단어들.

깊은 숲을 지나, 사람이 살지 않을 것처럼 황량한 길을 걷다 보니 목적지에 도착했다. 주변에 아무도 살지 않는 듯 텅 빈 들판에 세워진 저택이었다. 스산한 바람이 불었다. 정원에는 가지치기를 한 지 오래된 것 같은 나무들이 들쭉날쭉 서 있었다. 하지만 정문에서 현관에 이르는 길은 오늘 아침에라도 손을 본 듯 깔끔했다. 소년은 저택의 현관문을 두드렸다.

빨간 머리를 단발로 자른 소녀가 문을 열었다. 에이프런을 걸치고 있는 것을 보면 하녀인가? 보통 이렇게 어린애가 손님을 맞던가? 손님을 맞는 것은 보통 나이 지긋한 남자 집사의 일이었기에 소년은 머뭇거렸다. 빨간 머리 소녀는 소년을 위아래로 훑어보더니 노골적으로 싫은 표정을 지었다.

"너, 뭐야?"

소년은 허둥지둥 소개장을 꺼냈다. 소녀는 소개장을 낚아채듯 가져가고 팔짱을 꼈다.

"난 긴 글 읽을 줄 몰라. 넌 뭐야? 벙어리야?"

마지막 질문이 자신을 가리키는 말이었기 때문에 소년은 고개를 끄덕였다. 소녀는 얼굴을 찡그리더니 조그만 소리로 욕설을 내뱉었다. 소년이 움찔 놀라자 소녀는 한심하다는 듯 문을 열고 턱짓으로 안쪽을 가리켰다.

"마님한테 들었어. 말 못하는 애가 온다고. 그게 너인가 보네."

"에이프릴. 손님이 왔니?"

위층에서 늙은 여자의 목소리가 들리자 소녀의 얼굴이 환하게 밝아졌다. 에이프릴이 쟤 이름인가 보네. 소년은 무거운 가방을 내려놓고 옷에 앉은 먼지를 떨었다. 곧 에이프릴의 부축을 받으며 노부인이 계단을 내려왔다.

"만나서 반갑다. 네가 새 식구로구나."

식구. 고용주가 고용인에게 쓰기에는 낯선 단어였다. 소년은 깊이 고개를 숙였다.

그날 밤 작은 식탁에서 소년과 노부인, 에이프릴 사이에 몇 가지 규칙이 빠르게 정해졌다. 보통 하인이라면 엄두도 못 낼 일이지만 소년은 주인인 노부인 앞에서 고개를 끄덕이거나 젓는 것으로 대답을 대신할 수 있었다. 에이프릴은 짧은 단어 정도만 읽을 줄 안다고 했다. 소년은 에이프릴과 대화하기 위해 물, 마님, 찾는다, 바깥 등의 단어가 적힌 단어장을 만들었다.

"그럼 이 애의 이름은 네가 지어 주렴, 에이프릴."

"네?"

"새 식구니까."

에이프릴이 소년을 한번 노려보더니 말했다.

"도미닉."

"그래. 그러면 너는 도미닉, 이쪽은 에이프릴. 그리고 나는…… 미스 캣토닉, 마님, 어느 쪽으로 불러도 좋아. 식구가 되었으니 잘 지내 보자."

노부인은 일을 해야 한다며 다시 계단을 올라갔다. 둘만 남게 되자 에이프릴이 소년에게 낮지만 명확하게 쏘아붙였다.

"식구로 받아들였다고 착각하지 마. 도미닉이라는 이름이 '벙어리(dumb)'하고 비슷해서 고른 거니까."

경계하는 걸까.

"너, 저 기계를 고치러 온 사람이지? 마님 방에 있는 기분 나쁜 기계. 끼익끼익 덜컥덜컥. 글자 쓰는 기계."

와인드업 말이구나. 소년은 고개를 끄덕였다.

"마님은 왜 굳이 저런 흉한 걸 집에 들이셨을까. 워런도, 마샤도, 브라운도 도망쳤으면 그냥 나한테 시키면 되는데. 흉한 걸 들이니까 덩달아 너 같은 골칫덩이까지……."

"에이프릴, 차 좀 가져다줄래?"

위에서 들려온 온화한 목소리에 에이프릴은 '네!'라고 밝게 대답하고 총총 부엌으로 사라져 버렸다. 소년은 자신의 방으로 배

정된 공간에 짐을 풀었다. 서너 명이 같이 쓰던 공간 같았지만 지금은 소년 혼자였다. 저택의 규모를 보면 집사나 시종장은 없더라도 허드렛일할 하인과 정원사, 조리사 정도는 있어야 관리할 수 있는 크기였다.

소년은 계단 난간을 손으로 쓸었다. 잘 닦여 있지만 구석에는 먼지가 남아 있었다. 아주 큰 저택은 아니지만 저 애 혼자 돌보기에는 너무 넓은데. 그러다 소년은 고개를 저었다.

호기심은 필요 없어. 나는 이곳에, 배고프지 않으려고 온 거야.

다음 날 점심까지 미스 캣토닉은 소년을 부르지 않았다. 소년은 에이프릴에게 '마님' '부르다' '않다' 등의 단어로 말을 걸었지만 에이프릴은 '저녁에나 부르실 거야. 할 일 없으면 청소 좀 도와.'라며 퉁명스럽게 대답했다. 졸지에 갈퀴와 장갑을 들고 정원으로 내쫓긴 소년은 떨어진 잎을 한곳으로 모으고 나뭇가지를 한쪽에 쌓아 놓았다. 때마침 석탄을 배달하는 사람이 와 석탄도 받아 놓았다.

석탄 배달부는 '귀신의 집에 들어온 벙어리'라며 낄낄대다 사라져 버렸다. 소년은 왜 이곳이 귀신의 집인지 묻지 않았다. 말을 할 수 없었으니까. 에이프릴에게도 묻지 않았다. 호기심은 좋은 고용인의 덕목이 아니니까. 하지만 배달받은 석탄은 두세 명이 쓰기엔 넉넉해 보여도 저택 전체를 데우기에는 턱없이 적었다. 에이프릴은 소년이 두리번거리자 불쾌한 표정을 지었다.

"원래는 하인이 많았어. 그런데 다 도망쳐 버렸어. 마님이 얼마나 잘해 주셨는데. 악몽을 꿨다, 귀신을 봤다 호들갑 떨며 다 나가 버렸어."

'귀신'이라고 소년이 쓰자 에이프릴은 입술 한쪽을 비웃듯 올리고 부엌으로 들어가 버렸다.

소년은 에이프릴의 말을 이해할 수 없었다. 하인이 필요하면 인력소개소에 연락을 하면 되지 않나? 소년은 에이프릴이 시키는 대로 힘쓰는 일을 마친 후, 방에 들어가 와인드업의 부품들을 꺼내 기름칠하고 닦았다. 똑똑똑, 두드리는 소리가 들려 문을 열어 보니 에이프릴이 위층을 턱짓했다.

"마님이 널 부르셔."

소년은 한 손에는 부품 가방을, 한 손에는 천공 카드 뭉치를 들고 2층 응접실로 올라갔다. 에이프릴이 노려보는 것이 느껴졌다.

응접실에는 안락의자 하나와 와인드업 하나, 평범한 나무 의자 하나가 있었다. 미스 캣토닉은 눈을 감고 있다가 소년이 인기척을 내자 눈을 떴다. 소년은 먼저 노트를 펴서 글을 썼다.

'기계에 문제가 있나요?'

알렉스에게, 라고 썼어야 하나. 소년은 노트를 든 채 머뭇거렸다. 미스 캣토닉은 안경을 쓰고 노트의 글자를 읽더니 손가락으로 와인드업을 가리켰다.

"펜촉이 많이 낡았어. 펜촉을 갈아 주고, 잉크를 채워 주렴. 새 천공 카드도 넣어 주고."

화려한 색의 잉크로 그림 같은 편지를 쓰는 것이 유행인 시대였다. 소년은 잉크 배합을 궁리하며 와인드업의 뚜껑을 열었다. 분해한 부위를 닦아 내고 다시 조립하다가 소년은 잠시 동작을 멈췄다. 자신이 봐 온 기계들과는 다른 펜촉을 사용하고 있었다. 와인드업의 손가락 관절도 소년이 보던 것과는 미묘하게 달랐다.

미스 캣토닉의 와인드업은 활자체를 쓰도록 디자인된 모델이었다.

'잉크는 무슨 색으로 할까요?'

소년의 질문에 미스 캣토닉이 대답했다.

"검은색으로 부탁해."

어떠한 검은색도 아닌 그저 까만색. 밤하늘의 검은색도, 그림자의 검은색도 아닌 까만색. 시중에서 파는 평범한 잉크를 와인드업에 가득 채운 소년은 방을 나가려 했다. 예전처럼 글을 모른다면 상관없겠지만 이제 소년은 들은 말들을 문자로 쓸 수 있으니까. 그리고 그렇게 말이 새어 나가 소문이 되게 하는 것은 아랫사람의 몫이 아니니까. 오로지 까만색으로 이루어진 글이든, 화려한 색의 잉크와 유려한 말들로 가득 찬 글이든. 소년이 문을 향해 뒷걸음질하자 미스 캣토닉의 눈이 깜박였다.

"어딜 가니?"

소년은 제자리에 선 채 멍하니 입을 벌렸다. 미스 캣토닉은 씁쓸한 얼굴로 고개를 저었다.

"앉으렴, 도미닉."

도미닉. 내 이름.

"매그넘이 편지에 썼다. 너는 배고픈 것 빼곤 무서워하는 게 없는 아이라고 하더구나. 네가 어떻게 자랐는지도 간략하게 들었고. 귀신이나 악몽을 두려워하는 아이가 아니라고 했어. 그 말이 맞니?"

소년은 고개를 끄덕였다. 악몽이나 귀신은 무섭지 않았다. 그러자 미스 캣토닉은 소년에게 다시 의자에 앉으라고 손짓했다.

"너도 대충 알겠지만, 나는 공포 소설을 쓴단다. 그래서 활자체를 쓰는 거야. 내가 알렉스에게 받아쓰게 하는 말은 대부분 공포 소설이야. 무서운 이야기 말이지. 만약 도미닉, 네가…… 내가 말하는 이야기들이 무섭다면 나가도 좋아. 하지만 괜찮다면 그 자리에 있어 주면 좋겠구나. 알렉스의 잉크가 떨어지거나 펜촉을 갈아야 할 때마다 너를 부르는 건 힘든 일이거든."

소년은 고개를 끄덕였다. 미스 캣토닉이 와인드업을 향해 혀 차는 소리를 두 번 냈고 와인드업의 청각 감지기가 작동한다는 신호로 푸른 전등이 켜졌다.

이야기가 시작되었다.

"그리고 난파선에서 끊임없이 수많은 손들이 빠져나왔다."

깊고 깊은 바닷속. 인간의 손이 닿지 않은 곳. 해구, 바다 안에 뚫린 수많은 동굴, 촉수로 먹이를 낚아채는 자들, 돌아온 죽은 자, 문 앞에 남겨진 소금기 가득한 발자국, 문을 두드리던 손이 아닌 빨판들, 비명, 죽음, 깨어남, 다시 비명, 찾아감, 돌아감, 거부당함, 바다, 소금, 물, 인어도 사람도 물고기도 아닌 존재들, 웅크리고 있는 거대한 괴물, 돌아오고, 돌아오고, 돌아오고, 거부당하고, 비명, 물에 젖은 채 불타는 집들, 도전하고 돌아오지 않는 자들, 끌려간 자들, 아무도 반기지 않는 귀환, 문을 열어 준 사람들마저 사라지게 하는 심해, 어두움, 어두움, 어두움, 어두움.

어두움.

멈추고, 이어지고, 멈추고, 이어지는 이야기가 미스 캣토닉의 입에서 흘러나왔다. 볼 수 없던 존재와 마주친 뱃사람들의 욕설과 사람들의 탄식을 와인드업이 받아썼다. 소년은 펜촉을 갈아 끼우고, 잉크를 보충했다. 꿈속처럼 움직이던 소년이 정신을 차렸을 때는 두 시간이 지나 있었다.

창밖에서 들이치던 따스한 노을이 검은 밤으로 바뀌어 있었다. 큰 나뭇가지가 달빛에 긴 그림자를 방 안으로 드리웠다. 소년은 자신도 모르게 진저리를 쳤다.

"무섭니?"

소년은 고개를 젓지도 끄덕이지도 않았다. 대신 펜을 들어 노트에 썼다.

'모르겠어요.'

미스 캣토닉의 목소리로 전해진 이야기. 활자체로 읽은 것과는 다른 느낌. 잡지로 접할 때는 만들어 낸 이야기라고 생각할 수 있었다. 하지만 창밖 나무의 긴 그림자와 밤의 어둠 속에서 휩쓸리고 온 기묘한 감각은 어떤 단어로도 잘라 이야기하기 어려웠다.

미스 캣토닉은 쓰게 웃었다. 와인드업은 벌써 꺼져 있었다. 펜촉은 종이 위에 가만히 멈춰 있었다.

"만약 오늘 악몽을 꾼다면 꼭 내게 말해 주렴. 에이프릴에게 말해도 좋아."

저녁을 먹지 못했다는 게 떠올랐다. 하지만 피곤함이 배고픔을 눌러 소년은 에이프릴을 찾지 않았다. 남자 하인 방에는 침대가 여러 개 있었지만 모두 비어 있었다. 자리에 눕기 전, 소년은 자기 침대 옆에 빵 조각과 물 한 컵이 있는 것을 발견했다. 그 애가 가져다 놨겠구나. 소년은 입 안에 먹을 것을 집어넣고 물을 마셨다.

그리고 깊은 잠에 빠졌다.

잠들어 있는 도중, 누군가가 소년을 내려다보는 것 같았다.

"왜 너야?"

꿈결 같아서, 소년은 대답하지 않았다. 꿈이 아니었더라도 마찬가지였겠지만.

그렇게 소년은 저택의 사람이 되었다. 아침을 먹고 나면 에이프릴이 부엌에서 설거지를 했다. 소년은 갈퀴와 삽을 들고 나가 마당을 치웠다. 마른 나뭇잎들을 고철 양동이 안에 넣고 석탄을 가져와 태웠다. 연기가 멀리, 높게 올라갔다.

에이프릴과 소년 사이에는 많은 이야기가 오가지 않았다. 빵과 물을 매번 침실에 가져다 놓는 사람은 에이프릴이었고 아침에 빈 컵과 접시를 에이프릴에게 건네며 고개를 숙이는 사람은 소년이었다. 작은 집안일을 함께하며 때때로 에이프릴은 노래를 불렀다. 노래를 부를 수 없는 소년은 그저 듣기만 했다. 시간이 지나며 에이프릴은 가끔 소년에게 감자나 볶은 콩 같은 자잘한 간식거리를 주기도 했다. 에이프릴은 소년에게 딱히 상냥하진 않았지만 소년을 미워하지도 않는 것 같았다.

하지만 미스 캣토닉 앞에 서면 에이프릴은 소년에게 퉁명스러워졌다. 그동안의 친절이 모두 없던 일인 것처럼, 미스 캣토닉이 짐짓 '사이좋게 지내라.'라고 주의를 주어도, 새빨간 얼굴로 '네.'라고 할 뿐 소년 쪽을 보는 일은 없었다. 붉어진 에이프릴의 손을 미스 캣토닉이 잡자 에이프릴의 얼굴색이 달라졌다. 짜증과 슬픔의 빨강이 아니라, 부끄러움과 원망의 빨강.

빨간 머리, 빨간 얼굴. 아무리 단정하게 빗어도 끝이 뻗치는 붉은 머리카락은 낙엽을 닮은 빨강. 미스 캣토닉을 보며 꼭 쥔 에이프릴의 두 손등의 빨강.

그런 날들이 여러 날 반복되었다. 아침과 점심에는 하인들이 할 법한 잡일을 하고, 여유가 있으면 미스 캣토닉의 허락을 받아 서재에 가서 책을 읽었다. 두껍고 어려운 책들이었다. 미스 캣토닉의 글이 실린 잡지는 없었다. 에이프릴에게 물어보니, 미스 캣토닉은 잡지가 오면 한 번 훑어보고 바로 태워 버린다고 했다. 그래서 서재에 잡지는 한 권도 없었구나. 소년은 고개를 끄덕였다. 에이프릴이 퉁명스럽게 물었다.

"왜 끄덕이는 건데?"

소년은 머뭇거리다 '서재'라고 썼다. 에이프릴은 그 단어가 낯선 듯 오래 들여다보다가 소년에게 낮은 목소리로 물었다.

"너는…… 서재에 들어가도 돼?"

소년은 고개를 끄덕였다. 에이프릴의 얼굴에 쓸쓸함 같은 빛깔이 내려앉았다.

미스 캣토닉이 글을 쓰지 않는 날도 있었다. 이야기가 떠오르지 않는다며 미스 캣토닉은 소년을 불러 놓고 어릴 적 이야기를 들려주었다. 미스 캣토닉의 이야기 속에는 오빠들이 자주 등장했다. 소년은 미스 캣토닉이 기침을 하는 동안 천장을 올려다보았다.

왜 저죠. 왜 저에게 이런 이야기를 들려주시는 거죠.

에이프릴이 있는데.

서재에는 왜 그렇게 먼지가 많죠.

에이프릴은 서재를 청소하지 않나요.

아니면.

궁금한 게 있는 얼굴이구나. 미스 캣토닉의 말에 소년은 떠오른 많은 질문 대신 단어 하나를 적었다.

'오빠.'

마님과 놀아 주던, 이야기를 들려주던, 돈으로 배를 채워 돌아오겠다던 오빠들은 어디로 갔나요?

미스 캣토닉이 한숨을 쉬었다. 이야기가 이어졌다.

"어머니 아버지는 오빠들을 변호사나 사업가로 키우고 싶으셨어. 하지만 오빠들은 뭔가에 홀린 듯 전부 바다로 나갔어. 무역을 하겠다는 말에 아버지와 어머니는 말릴 수도 없었지. 그리고 모두들, 돌아오지 않았어. 배가 해적의 습격을 받았다는 편지가 오기도 했고, 선상 반란이 일어나 오빠가 죽었다는 편지도 왔지. 막내 오빠는 편지도 아무것도 없이 40년이 넘도록 연락을 하지 않고 있어.

나는 오빠들이 아직도 바다에 있다는 생각을 한단다.

어릴 때는 오빠들이 돌아오는 꿈을 자주 꿨단다. 상상 속의 오빠는 언제나 떠날 때 젊은 모습 그대로였지. 내 이름을 부르며 나를 끌어안고 빙글빙글 돌았어. 하지만 시간이 가면서 내 안의 오빠는 점점 물에 젖고 지친 모습이 되었고, 이제는 내 꿈에도 돌아오지 않아.

하루하루 아무 일도 없이 살아가는 평범한 삶을 누릴 수도 있었어. 하지만 오빠들이, 정확히는 오빠들을 홀린 바다가 자꾸만 나를 불렀어. 그래서 이야기를 쓰기 시작했단다.

기괴한 이야기였어. 손으로 쓰나가 팔이 너무 아파 하인을 불러 받아쓰게 했지. 하인들의 귀에 내 이야기가 고스란히 흘러 들어갔어. 모두들 악몽에 시달린다며 이 집을 떠났지.

에이프릴만이 남았단다. 나는 와인드업이 나왔다는 소식을 듣고 바로 와인드업을 들였어."

악몽이라. 이 이야기들이 꿈속에 나타났다는 걸까. 소년은 바다를 본 적이 없었다. 미스 캣토닉도 마찬가지라고 했다. 하인들은 바다를 본 적이 있을까? 소년은 바다가 어떤지 묘사할 수 없었다. 이 집에 오기 전까지 소년이 들은 바다는 귀족들에게는 아늑한 부를 가져다주는 푸른 물의 덩어리였다. 그 물이 짠맛이 나고, 배가 들어오면 사람들이 우르르 몰려든다는 것은 알 수 있었다. 하지만 파도가 어떤 색인지, 바다의 깊은 곳이 어떤 색인지 본 적이 없는 소년은 알지 못했다.

바다는 깊은 물일까. 미스 캣토닉의 이야기 속, 난파선에 갇힌 보물들은 어떻게 될까. 스르륵스르륵, 미스 캣토닉의 이야기에서처럼 손이 되어 기어 나올까.

소년밖에 쓰지 않는 큰 하인 방에서 소년은 자신의 손을 내려다보았다. 씻어도 씻어도 매일 검은 잉크 얼룩이 소년의 손에 남아 있었다. 그 손을 쥐었다 펴면서 소년은 미스 캣토닉에게 에이프릴에 대해 묻지 못한 것을 생각했다. 먼지가 쌓인 서재. 두꺼운 책들. 사람의 손이 닿지 않은 지 오래된 듯한 바닥. 소년은 두 손에 남은 잉크 얼룩을 보며 스스로 답을 찾아냈다. 에이프릴은 서재에 들어갈 수 없었다. 미스 캣토닉이 그렇게 정했을 테니까.

소년의 꿈에 수많은 손들이 나와 소년을 쓰다듬었다. 본 적이 있는 손도 있고 처음 보는 손도 있었다. 손들은 소년을 만지며 검은색 단어들을 흘리고 갔다. 깨어나서 소년은 그 수많은 손들에 대해 생각했다. 거리에서 거지로 지내던 자신을 밀쳐 내던 손. 인쇄소에서 일하다 손가락이 잘린 아이의 손. 하얗고 부드러운 귀족들의 손. 종종 비누 냄새가 나던 귀족 저택 하인들의 손. 여기 와서 만난 미스 캣토닉의 주름진 손.

저녁 접시를 치우는 에이프릴의 손이 빨갛게 부풀어 있었다.

"에이프릴, 손을 다쳤니?"

미스 캣토닉이 묻자 에이프릴의 얼굴이 손보다 빨갛게 물들었다.

"요, 요리를 하다가 조금 데었어요."

"잘 치료하렴. 아프겠구나."

소년은 미스 캣토닉의 얼굴이 걱정으로 어두워지는 것과 에이프릴의 얼굴에 수치심 비슷한 푸른 감정이 스쳐 지나가는 것을 보았다.

에이프릴이 미스 캣토닉에게 거짓말을 하는 일은 없었다. 소년에게 다정하게 대해 주다가 미스 캣토닉 앞에서는 쌀쌀맞게 구는 일은 있어도, 그건 거짓말은 아니었다. 늘 미스 캣토닉을 밝게 비쳐 드는 아침 햇살 같은 빛으로 마주하는 에이프릴. 소년에 대한 친절이 잠시 거두어지는 것은 빛에 따르는 그림자 같은 것이라고 생각했다. 하지만 이 푸른 감정은 무언가를 감추는 거짓말의 빛. 소년이 이 저택에 오고 처음 보는 표정.

미스 캣토닉이 지팡이를 짚고 위로 올라간 후, 소년은 에이프릴의 팔을 잡았다. 무례한 행동이지만 소년은 소리 내어 에이프릴을 부를 수 없었으니까. 그리고 에이프릴의 치마에 붙은 그것을 보았으니까. 에이프릴의 얼굴에 분노가 가득했다. 공포가 섞인 분노는 검붉고도 떨리는 색. 폭로당할 것을 두려워하는 색. 에이프릴이 소년의 손을 거칠게 뿌리쳤다.

"뭐 하는 거야!"

소년은 무릎을 꿇고 에이프릴의 치마에 붙어 있는 타다 만 종이를 떼 냈다.

불에 그을리긴 했지만 미스 캣토닉의 글이 실리는 잡지 특유의 종이 색을 소년은 분간할 수 있었다. 어제 자신이 쓰레기와 잡지를 함께 태우다 잠시 자리를 비운 사이, 타다 만 잡지가 사라진 일이 있었다는 것을 소년은 기억해 냈다.

'책.'

소년은 그렇게 썼다.

에이프릴의 손이 소년에게서 그을린 종이를 낚아챘다. 이미 탄 부분은 바삭바삭 가루로 부스러졌고, 덜 탄 부분은 몇 글자가 남은 채 에이프릴의 손에 매달렸다. 에이프릴은 치마에 손을 털어 종잇조각을 떼어 내고 발로 밟았다. 발로 밟아도 그것들은 사라지지 않았다. 소년은 종잇조각들을 손바닥으로 쓸어 조용히 자신의 주머니에 넣었다. 타지 않은 단어들이 소년의 눈에 들어왔다. 날리는 재 부스러기에 눈이 아파, 소년의 눈에 살짝 눈물이 맺혔다. 소년은 다른 손으로 눈을 비볐다.

"왜 너야?"

에이프릴의 목소리. 첫날 밤에 꿈결처럼 들렸던 그 목소리.

소년은 멍하니 에이프릴의 손을 보았다. 주먹 쥔 손. 재가 묻은 손. 빨갛게 피가 몰리고 화상을 입은 손. 아플 텐데. 아픈 빨강.

그러게. 왜 나일까.

미스 캣토닉이 기침을 할 때마다 드러나는 얼굴의 빨강. 늙고 아픈 빨강. 핏기를 잃어 가는 빨강. 그 빨강을 이해하고 미스 캣토닉의 곁에 있어 주는 사람은 에이프릴, 너여야 할 텐데.

왜 너냐고 묻지만, 사실은 왜 내가 아니냐고 묻는 말. 말에도 색깔이 있다면 저 말도 빨강. 에이프릴의 눈이 약간이지만 붉게 물들어 있었다. 울고 난 빨강. 그리고 다시 에이프릴의 눈꼬리 끝에 맺히는 빨강. 빨강을 따라 눈물이 흘렀다. 에이프릴은 그것이 더러운 무엇이라도 되는 양 거칠게 닦았다.

"너 같은 거, 정말 짜증 나."

저 말도 빨강. 분노와 슬픔이 섞인 빨강. 잡지가 양철통 안에서 타들어 갈 때의 빨강과 닮았다. 자신을 지우지 말라고, 사라지고 싶지 않다고 말하는 것 같은 빨강. 어쩌면 에이프릴의 빨강은 미스 캣토닉이 자신을 원하지 않는다고 생각하는 빨강. 미스 캣토닉이 소년이 아니라 자신을 곁에 두기를 바라는 빨강.

"저 멍청한 기계가 아니라, 내가 글을 쓸 줄 알았으면…… 너 따위."

안타까움의 빨강. 망막 안에 수많은 붉은빛이 휘몰아쳐 소년은 눈을 꼭 감았다. 눈을 떴을 때는 주방으로 가는 에이프릴의 뒷모습이 보였다. 미안해. 말을 할 수 있었다면 아마 그렇게 말했을 것이다. 소년은 단둘만의 정원에 발을 들인 침입자가 된 것 같았다. 소년은 자신의 가슴께를 천천히 쓸어내렸다.

에이프릴이 부르지 않으니 시간이 비었다. 작은 침대에 몸을 누이고 소년은 생각했다.

하인들이 나가고, 와인드업이 들어오고, 내가 이 저택에 들어오고. 에이프릴은 나에게 화를 내고. 일렁이는 조각들을 이어 맞추다 소년은 의아해했다. 와인드업이 없었다면 소년은 이 집에 발을 들이지 않았을 것이다. 와인드업이 이 집에 온 이유는 글을 받아쓸 하인이 없기 때문이었다. 에이프릴의 말대로, 그 애가 글을 쓸 줄 알았다면 와인드업이 이 집에 올 필요는 없었을 텐데. 왜 에이프릴은 미스 캣토닉에게 글을 배우게 해 달라고 하지 않았지?

글을 문법에 맞게 쓰기까지는 오랜 시간이 걸린다. 과거형, 의문문, 가정법, 예의 바른 말투. 그런 것들을 익히려면 수많은 책을 들여다보고 단어를 끼워 맞춰야 한다. 어쩌다 글을 깨쳐 버렸지만 아직도 문장을 쓰는 것은 어려웠다. 에이프릴과의 대화처럼 단어와 단어로 말하는 것이 훨씬 쉽고 편리했다. 하지만 이미 조합된 단어들을 받아쓰는 건, 단어를 조합해 내는 것만큼 어렵지는 않았다.

공립학교는 싸다. 에이프릴이 집을 비우는 것이 문제가 된다면 사람을 더 고용하면 된다. 이 집에는 적어도 두세 명의 하인이 더 필요했다. 에이프릴이 공립학교에 다녀 글을 배우고 서재의 책을 읽는다면 시간은 좀 걸려도 미스 캣토닉의 글을 받아쓸 수 있을 것이다. 그것이 미스 캣토닉이 원하는 일이라면 에이프릴은 밤을 새워서도 공부를 할 것이다.

에이프릴의 나이는 고작 열둘. 아직도 늦지 않았다. 3년, 아니,

에이프릴의 열정이라면 1년으로도 충분할 터였다. 하인이 하는 일은 소년이 하고, 하녀를 두어 명 더 고용하면 된다. 미스 캣토닉이 인력소개소에 편지 한 통만 보내면 끝날 일이었다.

그런데 왜 그렇게 하지 않았을까.

미스 캣토닉이 에이프릴을 대할 때의 얼굴은 상냥한 빨강. 그러나 두려워하는 빨강.

미스 캣토닉은 두려워하는 걸까.

그렇게, 생생하게 살아 움직이는 괴물들을 이야기로 만드는 사람도 두려운 게 있을까.

날씨가 추워지고, 미스 캣토닉의 몸은 점점 쇠약해져 갔다. 영국 사상 최고로 추운 겨울이 될 거래. 집배원이 말했다. 습하고 추운 날씨였다. 미스 캣토닉의 기침 때문에 원고에는 몇 번이나 기침 소리가 섞여 들어갔다. 에이프릴이 미스 캣토닉에게 따뜻한 차를 내가면서 제발 좀 쉬시라고 울먹이며 부탁하는 소리가 들렸다. 하지만 매일 밤 소년이 지켜보는 동안, 미스 캣토닉은 점점 더 많은 양의 이야기를 쏟아 냈다. 와인드업의 관절 하나가 완전히 어긋나도록.

'부품을 주문해야 합니다. 며칠 걸립니다.'

소년의 글씨를 읽고 미스 캣토닉은 긴 한숨을 내쉬었다. 밤이 조금씩 빠르게 다가오고 있었다. 언제나 밤이면 긴 가지 그림자가 창 안으로 드리워졌다.

"그래. 며칠간 네가 쉬겠구나."

소년이 희미하게 웃자 미스 캣토닉이 말했다.

"여행이라도 다녀올래?"

소년은 고개를 저었다.

'에이프릴을 도와야 해요.'

미스 캣토닉의 눈에 주저하는 빛이 스쳐 지나갔다.

"혹시 그 애가, 글을 가르쳐 달라고 하니?"

또 두려움의 빨강. 소년은 고개를 저었다.

에이프릴은 한 번도 소년에게 부탁하지 않았다. 사과하지 않았던 것처럼, 부탁도 하지 않았다. 이거 해, 저거 해. 명령하는 말. 밥 먹을 시간이야. 마님이 널 찾으셔. 알려 주는 말. 에이프릴은 늘 말을 하고, 소년은 그 말을 들었다.

"그 애는 너에게도 부탁하지 않는구나."

미스 캣토닉은 씁쓸하게 웃었다.

"걸어서 갈 수 있는 거리에 공립학교가 생긴다더구나. 여러 해 전부터 돌던 말이야."

왜 갑자기 이런 말을 하는 걸까.

"앞으로 3년, 4년…… 후면 에이프릴은 열여섯 살이 될 거야."

미스 캣토닉이 몸을 앞으로 내밀고, 소년에게 물었다.

"열여섯에 글을 배워도, 너무 늦지 않겠지?"

왜 지금이 아닌가요. 왜 하필 그런, 구체적인 미래인가요.

"의사가 말했어. 와인드업으로 계속 글을 쓰면 말을 많이 해야 한다고. 그러면 남은 날이 점점 줄어들 거라고. 늦어도 내년 봄부터는 글을 쓰지 말라고 하더구나. 그러면 너도…… 다른 직업을 찾아야 하겠지."

미스 캣토닉의 눈빛이 아득해졌다.

"너와 함께 있는 에이프릴을 창문 밖으로 종종 본단다. 즐거워 보이더구나. 에이프릴이 혼자 있는 게 나는 늘 걱정이었지. 그러니 나는 네가 내 집에 좀 더 있어 줬으면 해. 도미닉. 적어도 내가……."

자신의 앞날을 말하다 불길함에 생략해 버린 말들. 그러나 반드시 찾아올 일들. 미스 캣토닉은 잠시 말을 멈췄다. 소년은 기다렸다.

"부탁이 있어. 그때까지는, 에이프릴에게 글을 가르치지 마라."

침묵이 방 안에 낮게 퍼져 흘렀다. 차가운 공기 안에서 불안한 열기를 내뿜는 침묵. 소년은 종이를 꺼내서 글을 썼다.

'왜 글을 가르치면 안 되나요?'

주인에게 뭔가를 묻는 것은 버릇없는 일이었다. 그것이 주인의 사생활과 관계된 것이라면 더더욱. 그러나 소년은 머릿속에서 맴도는 질문들을 떨쳐 낼 수 없었다. 서재에 대해서도, 하인을 구하지 않는 이유도 궁금했다. 이제 미스 캣토닉이 화를 내고 자신을 쫓아낸다 해도 어쩔 수 없다고 소년은 생각했다. 그러나 미스 캣토닉은 한숨을 쉴 뿐 화를 내지 않았다. 그리고 에이프릴이 처음이 저택에 왔을 때 이야기를 들려주었다.

착하고 싹싹한 애라고, 미스 캣토닉은 에이프릴을 그렇게 표현했다. 꽃을 팔던 어린애를 견습 하녀로 데려왔을 때부터 유독 자신을 따랐다고. 4월 봄날에 데려와서 이름은 에이프릴. 어쩐지 하인들과 자주 다투고 결국엔 혼자 남아 버렸지만 그래도 계속 웃는 얼굴을 보여 준 애라고.

"모두들, 일을 그만두고 나가기 전에 말했지. 에이프릴에게 글을 가르치라고. 나를 가장 잘 따르는 애를 왜 가르쳐서 돕게 하지 않느냐고. 그 애라면 내가 시키는 일은 뭐든 할 거라고."

그렇겠죠. 불에 손이 데는 것도 아랑곳하지 않고 마님의 글을 읽어 보려고 애쓰는 아이라면.

"하지만 날 돕던 하인들은 하나같이 악몽을 꾸었다고 말했지. 에이프릴은 내가 시키면 아주 빠르게 글을 익힐 거야. 하지만 그 애가 글을 배워서 나를 돕게 되면, 내 이야기를 듣게 되면…… 그렇게 되면…… 그 애도 악몽을 꾸게 되지 않을까?"

아.

알 것 같았다.

공포는 감기처럼 전염된다. 잠든 사이 머릿속을 헤집고 간다.

미스 캣토닉의 떨리는 입술 색은, 두려움의 빨강. 그러나 악몽이 두렵지 않은 소년은 그것이 자신의 질문에 대한 답이라고 생각하지 않았다. 에이프릴이 악몽을 꾸는 게 두려운가요? 에이프릴은 강한 아이예요.

"자신의 주인이 이런 이야기를 쓰는 사람이라는 걸 알면, 에이프릴은 나를 어떻게 생각할까?"

수많은 하인들이 주인의 뒷소문을 쑥덕이지만 그것을 주인 앞에서 내보이지는 않잖아요.

"그 애가, 나를…… 싫어하게 되면 어떻게 해야 하지?"

그렇군요.

그게 두려웠군요.

에이프릴은 당신과 자신의 세계에 내가 끼어드는 것을 싫어해요. 내가 자신의 자리를 빼앗아 갈까 봐 두려워해요. 그것이 에이프릴만의 두려움은 아니었군요. 당신의 세계에서도 에이프릴은 봄날 같은 존재였군요. 어둡고 깊은 심해의 공포를 이야기하는 당신에게도 그 애는 봄이었군요.

글을 가르치지 않아서, 돕게 하지 않아서 듣는 원망도 두렵지만. 더 두려운 것은 에이프릴의 잠 속에 찾아들 악몽. 미스 캣토닉의 입에서 나오는 무서운 이야기들을 듣고 겁에 질릴 에이프릴의 눈빛. 그것이 반복되다 못해 언젠가는 미스 캣토닉의 눈과 에이프릴의 눈이 마주치지 않는 일. 따스한 봄날의 빛이 자신을 비추지 않는 일.

"나는 그 애를 잃고 싶지 않단다."

소년은 잠시 침묵을 지키다 방을 나왔다.

하인이 남들에게 주인의 험담을 함부로 하지 않는 것처럼, 주인의 실수를 모른 척하는 것처럼. 안의 이야기는 밖으로 새어 나가지 않게.

대문 밖 사람들의 수군거림을 굳이 미스 캣토닉에게 전하지 않듯이, 미스 캣토닉이 자신의 글이 실린 잡지를 집 안에 남겨 두지 않듯이. 밖의 이야기는 안으로 넘어오지 않게.

그러니 소년은 생각한다. 미스 캣토닉의 두려움이 에이프릴에게 닿을 수 없게, 에이프릴이 두려워하는 것도 미스 캣토닉에겐 닿지 않게.

나무엔 이파리도 몇 남지 않았다. 초겨울 정원을 쓸고 돌아온 소년에게 에이프릴이 불쑥 다가와 삶은 감자 한 알을 건넸다. 에이프릴이 먹을 간식이었을 텐데. 하지만 소년은 감자를 받아 한 입 베어 물었다.

"모두 마님이 미쳤다고 했어."

바닥을 보며 에이프릴이 작게 말했다.

"떠난 하인들은 모두 마님이 미쳤다고 했어. 매일 밤 이상한 괴물 이야기를 하고, 그걸 받아 적게 해서 자기들을 괴롭힌다고 했어. 마님은 사실 무시무시한 마녀일 거라고, 나무 그림자에 홀려서 헛소리를 하는 거라고, 주인이 아니면 당장 정신병원에 연락해 버릴 거라고 했어. 그리고 나만 남았어.

언제부터인가, 마님은 하인을 구한다는 말을 소개소에 전하지도 않았어. 마님이 점점 아파서 힘들어하고 있나는 것도 알아. 그런데도 사람을 구하지 않는다는 게, 어떤 뜻인지도 나는 알아…….

나만 여기 남게 될 거라는 걸 알아.

마님이 나를 여기 남겨 두고 싶어 한다는 걸 알아.

마님이 왜 나를 서재에 들이지 않는지, 나도 알아.

마님을 돕고 싶어. 마님이 쓰는 이야기를 전부 읽고, 쓰는 걸 돕고 싶어. 나는 너와 달라. 악몽을 꾸는 게 무서워. 하지만 악몽보다 더 무서운 게 있어.

나는 마님을 두려워하게 되는 게, 두려워."

끝내 떨어진 투명한 눈물.

모든 물감을 섞으면 검은색이 된다. 그렇다면 모든 빛을 섞으면 투명한 색이 되지 않을까.

소년은 찬장에서 화상 연고를 찾아왔다.

"네가 부러워."

소년은 에이프릴의 손에 연고를 발라 주었다.

"네가 미워."

연고를 다 바르자 에이프릴이 손을 빼냈다.

에이프릴이 두 손으로 얼굴을 가렸다. 연고가 에이프릴의 얼굴에 묻었다.

"마님에겐 말하지 마."

찰나의 틈을 두고 에이프릴이 덧붙였다.

"부탁이야. 도미닉."

……빨강. 이렇게 여러 가지 색이 섞인 빨강. 붉은 말이, 붉은 표정이, 흉터가 남은 붉은 손이 보는 것만으로도 어지러워서, 소년은 고개를 끄덕였다.

미스 캣토닉은 기침 끝에 말했다.

"내가 아주…… 아주 아름다운 글을 쓸 수 있는 사람이라면, 에이프릴에게 내 이야기를 읽게 할 수 있었을 텐데. 도미닉, 내가 에이프릴을 행복하게 만들 글을 쓸 수 있다면 얼마나 좋을까. 하지만 나는 머릿속에 괴물만 가득한 사람이니, 어쩌다 이렇게 되어 버린 건지, 나도 모르겠구나."

소년은 저택 현관을 살짝 열고, 밖으로 나왔다. 밤하늘을 구름이 가려 하늘은 탁했지만, 그 안에도 달과 별이 빛나는 길이 있었다. 적어도 소년은 그것을 분간할 수 있었다.

두려움의 구름이 흡수하는 빛.

구름을 벗어나야 볼 수 있는 빛.

아주 아름다운 색깔일 텐데.

서로 사랑하는 두 사람이 한 지붕 아래 잠든 겨울 밤하늘. 먹구름 안으로 소년에게만 보이는 빛이 흘러가고 있었다.

신 현 이 … 숲 지나서 천문대

학교 끝나고 학원을 가는데 엄마한테서 전화가 왔다. 큰이모 집에 들러서 식탁 위에 있는 파김치 가져다가 냉장고에 넣어 놓으라고 했다. 유진 언니가 가져다 놓기로 했는데 언니에게 갑자기 다른 일이 생겼단다. 유진 언니는 큰이모의 딸이었다.

내 사정을 묻지도 않는 엄마의 일방적인 심부름이 부당하다는 생각이 들었다. 나는 학원 수업이 시작되기 전에 한나를 만나서 다이어리를 사러 가기로 했었다. 중간고사 계획을 세우고 점검하기 위한 다이어리 말이다.

그러나 엄마의 심부름을 피할 다른 방법이 없었다. 유진 언니는 정말로 급한 일이 아니면 자기가 하기로 한 일을 남에게 미루는 사람이 아니었다.

한숨을 내쉬며 한나와의 약속을 미루기로 결정했다. 엄마에게는 알았다고 말했다. 한나에게 카톡을 보냈더니 알았다고 답장이 왔다. 사고 싶은 다이어리가 세 개나 있어서, 어떤 다이어리를 살지 아직 결정하지 못했는데 다행이라는 말도 덧붙였다.

나는 큰이모네 집으로 향했다. 베란다에 며칠 동안 내놓아서 푹 익힌 파김치는 큰이모네 식구들과 우리 식구들이 다 좋아하는 반찬이었다. 막 끓인 라면과 먹으면 그만이었다. 큰이모네가 우리 집 가까이로 이사 오기 전에는 파김치를 먹어 본 적이 없었다. 큰이모네는 겨울이 끝나 갈 때쯤에 우리 집 가까이로 이사를 왔다. 나는 차츰 큰이모네 집을 좋아하게 되었다. 오래전부터 언니 있는 아이들을 부러워했는데, 유진 언니가 꼭 내 친언니 같아졌다.

살구나무 공원을 가로질러 가면 큰이모네 집이 나왔다. 공원 담장을 따라 살구꽃이 잔뜩 피어 있었다. 공원 안 놀이터나 모래밭에서 놀던 아이들은 모두 집으로 돌아간 뒤였다. 정자 마루는 할머니들 차지였는데, 거기도 비어 있었다. 공원에는 아무도 없었다. 저물어 가는 햇볕만 공원에 가득 차 있었다. 자주 다니던 길인데 이상하게 조용했다.

자전거를 탄 어떤 남자애가 공원 건너편 문 안으로 들어왔다. 나와 같은 학교 교복을 입고 있었다.

"아!"

나는 나도 모르게 비명을 질렀다. 동시에 비명 소리가 밖으로 나가지 못하도록 손으로 입을 막았다. 재빠르게 살구나무 뒤로 몸을 숨겼다. 이성진이었다.

아무에게도 말한 적이 없지만, 나는 여러 차례 다른 남자애들을 이성진이라고 착각한 적이 있었다. 분명히 이성진이었는데 다시 보면 아니었다. 닮은 구석이 전혀 없는데도 착각했다.

살구꽃가지를 슬쩍 젖히면서 밖을 내다보았다. 나는 이번에도 착각이었으면 좋겠다고 생각했다. 다른 남자애인데 이성진으로 잘못 본 것이기를 바랐다.

'정말 이성진이네.'

이번에는 착각이 아니었다. 이성진이 자전거를 타고 놀이 기구들이 모여 있는 놀이터 둘레를 빙빙 돌고 있었다. 두 손은 핸들을 잡고 있지 않았다. 팔짱을 낀 채였다. 살구꽃이나 늦은 오후의 햇볕이 이성진 때문에 돋보이며 살아나고 있었다.

'진짜, 눈부셔!'

나는 빙그레 웃었다. 마음이 설레었다. 그러나 무슨 스토커도 아니고 너무 오래 엿볼 수는 없었다. 나는 살구나무 아래 쪼그리고 앉았다. 이성진이 공원 밖으로 나갈 때까지 기다리기로 했다.

이성진과는 2학년 올라오면서 같은 반이 되었다. 1학년 때에는 다른 반이었다. 초등학교도 달랐다. 같은 반이 되면서부터 이성진에게 관심이 쏠렸다. 이성진이 앉아 있는 쪽으로만 자꾸 신경이 쓰였다. 어떤 때는 똑바로 쳐다본 것도 아닌데 이성진만 보였다. 아직은 비밀이었다. 한나에게도 아직 말하지 못했다. 한나와는 비밀이 없는 사이였는데, 이성진 때문에 비밀이 생기게 된 것이다.

시간이 별로 없었다. 학원은 여섯 시에 시작했다. 이모네 파김치 집에 가져다 놓고 서둘러 가야 지각하지 않을 수 있었다. 이성진이 들어온 문으로 돌아 나갔는가 하여 다시 밖을 엿보았다. 기울어 가는 햇빛 때문에 눈이 부셨다. 이성진은 여전히 놀이터를 돌고 있었다.

어쩔 수 없었다. 나는 이성진이 내가 살구나무에서 튀어나오는 것을 보지 못하는 쪽으로 돌아설 때를 기다렸다. 그런 다음 벌떡 일어나 나갔다. 나는 처음부터 이성진을 보지 못한 것처럼 앞만 보고 걸었다. 바쁜 일이 있는 사람처럼 빨리 걸었다. 시간이 별로 없었기 때문에 바쁜 일이 있는 것은 맞았다. 걸음이 빨라질수록 심장도 빨리 뛰었다. 나는 이성진이 있는 쪽으로 고개를 돌리지 않고도 이성진의 모습을 환히 볼 수 있었다. 이성진이 나를 돌아보았다. 나는 달리기 시작했다.

큰이모네 집 현관문 비밀번호가 생각나지 않았다. 나는 엄마에게 전화를 걸었다.

"엄마! 비번 빨리!"

숨이 찼다. 누군가에게 쫓기는 사람 같았다.

"비번은 유진 언니 생일이잖아. 그런데 왜 그렇게 숨차 하니?"

"유진 언니 생일이 언제지? 지금 생각할 수가 없어, 빨리!"

엄마가 유진 언니 생년월일을 불러 주고 나는 버튼을 눌렀다. 문이 열렸다. 나는 집 안으로 재빨리 들어갔다. 문에 기대고 서서 숨을 가라앉혔다.

큰이모네 집은 고요했다. 나는 가방을 벗어 던지며 거실 바닥에 큰대자로 누웠다. 그제야 공원을 가로지르면서 내게 일어난 일을 차분하게 되새겨 볼 수 있었다.

창피해서 두 손으로 얼굴을 가렸다. 나는 바쁜 일이 있는 사람이 아니라 도망치는 사람 같았을 것이었다. 게다가 이성진에게 말을 걸어 볼 수 있는 좋은 기회를 놓쳐 버리고 말았다. 뒤늦게 용기가 조금 생기면서 아쉬웠다.

김치 통은 분홍색 보자기로 묶여 있었다. 꽤나 무거웠다.

'이성진이 아직 공원에 있으면 어떻게 하지?'

김치 통을 들고 달리는 내 모습이 떠올랐다. 상상하는 것만으로도 창피했다. 공원을 돌아갈까 생각해 보니 저절로 한숨이 났다. 공원을 가로지르지 않고 돌아가려면 시간이 두 배는 더 들었다. 게다가 학원 수업에 늦을 가능성이 있었다. 어쩔 수 없었다. 그사이에 이성진이 사라졌기만을 바랄 뿐이었다.

세상은 내가 바라는 대로 되지 않았다. 이성진은 가지 않았다.

'나를 기다리는 것일까?'

느닷없이, 아무런 근거도 없이 이런 생각이 들었다. 황급하게 머리를 흔들었다. 막상 공원에 남아 있는 이성진을 보니 기분이 좋아지기도 했다. 이성진을 보는 것은 좋았지만 이성진 앞에 나를 드러낼 일이 암담했다. 그렇지만 공원을 통과해야만 했다.

나는 모른 척하고 태연하게 걸어가기로 했다. 앞만 보고 걸어

가는데도 뒤에서 자전거가 나를 향해 오고 있다는 것을 알 수 있었다. 이성진은 팔짱을 풀어 핸들을 붙잡고 있었다. 김치 통을 들고 있지 않았다면 급한 일이 있는 것처럼 달릴 수 있을 것이다. 그러나 김치 통을 들고 달리는 모습은 너무 우스꽝스러울 것 같았다. 나는 대신 빨리 걸었다.

자전거는 어느새 내 곁으로 왔다.

"집이 이 근처야?"

이성진이 물었다.

'우리 학교 교복 입은 애들 집은 거의 다 이 근처인 줄 모르나?'

나는 속으로만 말했다. 겉으로는 아무 말도 못 했다. 고개도 돌리지 못했다. 몸이 빳빳하게 굳어 버리지 않는 것만도 다행이었다.

"우리 같은 반이야, 너 3반 맞지?"

이성진이 나를 따라오며 다시 물었다. 내가 누구인지 확실하게 알고 있는 것 같지도 않았다. 나는 우뚝 멈춰 섰다. 자전거도 멈췄다. 나는 저를 좋아하고 있는데 내가 누구인지도 모른다니, 뭔가 불공평한 것 같아서 억울했다.

"나, 바빠!"

입에서는 뜬금없는 말이 튀어나왔다. 얼굴이 확 달아올랐다.

"나는 이성진이라고 해. 너는 신은서지?"

'이름을 알고 있었구나.'

이성진을 돌아보았다. 이성진이 자전거 위에서 씩 웃었다. 기울어 가는 저녁 햇살이 눈을 찔렀다. 앞이 캄캄해지면서 정신이 아득해졌다. 머릿속에서 종소리가 땡땡땡 울렸다.

'기절하기 전에 여기에서 벗어나.'

머릿속에서 또 다른 내가 경고하듯 속삭였다. 나는 다시 걷기 시작했다. 기절하지 않기 위해 공원 문만 똑바로 바라보았다. 꼭 깊은 물속에서 걷고 있는 것 같았다.

우리 집 냉장고 앞에서 정신이 돌아왔다. 나는 냉장고 문을 열고 그때까지 들고 있던 김치 통을 들여놓았다. 보자기를 풀어서 넣어야 한다는 것도 잊고 있었다.

'내가 정상이 아닌가?'

이런 생각이 났다.

'다른 아이들도 이럴까?'

누군가에게 물어보고 싶었다.

한나에게서 카톡이 왔다. 한나는 벌써 학원에 도착해 있었다.

'곧 갈게.'

한나에게 답을 보냈다.

냉장고 문을 닫다 말고 김치 통을 다시 꺼냈다. 바닥에 내려놓고 보자기를 풀었다.

학원 선생님들의 말이 한마디도 들어오지 않았다. 머릿속은 금방이라도 터질 것처럼 바람이 빵빵하게 든 풍선 같았다. 이성진에 대한 생각으로 가득 차 있는 풍선 말이다. 곧 있으면 중간고사인데 큰일이었다.

쉬는 시간이 되었다.

책상 위로 수학 문제집이 떨어졌다. 뒤이어서 한나가 무너지는 것처럼 내게 몸을 던졌다. 나는 얼른 옆으로 몸을 옮기면서 한나에게 의자 반절을 내주었다.

"아 진짜, 수학이 없는 세상에서 살고 싶어."

한나가 책상에 엎드리면서 말했다. 나도 한나의 등 위에 엎드렸다. 등이 따뜻했다. 나는 손가락으로 한나의 머리카락을 빙빙 꼬았다.

'차라리, 이성진 없는 세상에서 살고 싶다.'

속으로 말했다. 한나가 눈치채지 못하도록 조심하면서 한숨을 내쉬었다.

"은서야, 너 왜 그러니?"

한나가 물었다. 나는 뱉던 숨을 뚝 멈췄다.

"너, 오늘 이상해. 무슨 일 있지? 바른대로 말해."

한나가 엄숙하게 다시 물었다. 목소리가 낮아지고 등이 딱딱해졌다.

"나중에 이야기해 줄게."

나는 고개를 돌려 다른 쪽 볼을 한나 등에 대며 말했다. 그러고 나서 멈췄던 숨을 마저 토해 냈다. 언젠가는 한나에게 이 비밀을 고백해야만 했다. 그러나 지금은 아니다. 지금은 너무 창피했다. 게다가 지금은 고백할 이야기가 거의 없었다. 있는 것이라고는 내가 같은 반 남자애를 좋아한다는 것뿐이었다. 그 남자애가 나를 좋아하는 것도 아니었다. 물론 공원에서 말을 먼저 걸어오기는 했지만, 그것은 같은 반 아이를 만나서 나누게 된 평범한 인사일 수도 있었다. 내게 전혀 관심이 없을 수도 있었다.

이성진은 공부를 잘하는 아이도 아닌 것 같았다. 중간고사를 보기 전이었지만 공부를 잘하는 아이들은 이미 다 알려져 있었다. 인기가 많은 아이도 아니었다. 인기 있는 애들은 벌써부터 다른 아이들을 몰고 다녔다. 그러니까 이성진은 좀 잘생긴 것 빼고는 평범한 편에 속했다. 아무리 절친이라고는 하지만 한나에게 이런 상황을 고백한다는 게 자존심이 상했다. 나중에 하기로 했다.

"너, 좋아하는 남자애 생겼지?"

한나가 물었다. 약간 섬뜩했다. 한나는 가끔 엄마처럼 귀신같은 데가 있었다.

"그런 거 아니야."

시치미를 뗐다. 손가락에 엉켜 있는 한나의 머리카락을 서둘러 풀어냈다.

"일어나 봐."

몸을 일으키면서 말했다. 한나 밑에 깔린 수학 문제집을 뽑아냈다. 한나가 손가락으로 풀어내지 못한 문제를 짚었다. x값과 y값을 구한 다음에 x값에서 y값을 빼면 얼마인가를 묻는 문제였다. 한나는 어제도 이 문제를 들고 내게 왔었다. 문제집 한쪽 여백에 내가 적어 주었던 풀이 과정이 그대로 남아 있었다.

"풀어 보려고 했는데, 또 안 풀려."

한나가 한숨을 내쉬며 말했다.

나는 다른 쪽 여백에 다시 한번 풀이 과정을 적어 가면서 설명해 주었다. 머릿속이 점차로 수학 공식처럼 명료해졌다. 나는 쉬지 않고 응용문제 몇 개를 더 풀어 주었다. 머릿속을 꽉 채우고 있던 이성진에 대한 생각이 사라졌다.

"봐라. 나는 이 세상에서 가장 아름다운 것이 수학 공식들이라고 생각한다."

언젠가 학원 수학 선생님이 스스로가 칠판에 적어 놓은 수학 공식들을 바라보며 말했었다. 아이들은 책상을 치면서 야유를 퍼부었다.

나는 이렇게 말할 수 있을 것 같았다.

'세상에서 가장 분명한 것이 연립방정식 풀기다.'

그러나 수학 공식처럼 명료했던 머릿속은 아주 잠깐 동안일 뿐이었다.

단 한 개의 x값이 있고 그 x와만 관계되는 유일한 y가 있다. 유일한 y만이 단 한 개의 x를 가능하게 만든다. 문제 풀기를 마치자마자 내 머릿속에서는 그 x에 이성진을, 그리고 y에 나를 대입하고 있었다.

"너 속눈썹 진짜 길어. 너 그거 알아?"

어깨동무를 하고 있던 한나가 내 귓가에 속삭였다. 나는 정신이 돌아왔다.

"너 정말 이상해. 왜 그래?"

한나가 속삭였다. 손바닥으로 내 등을 쓰다듬고 있었다.

"이제, 알겠어?"

내가 연립방정식을 가리키며 물었다. 물론 한나가 그 문제를 이해한 것 같지는 않았다.

"으흥, 너 오늘도 안 했구나."

한나가 콧소리를 내며 웃었다. 내가 브래지어 안 했다는 말이었다. 목소리가 야들야들했다. 한나가 기습적으로 내 볼에 입을 맞췄다. 한나는 가끔 내 볼에 입을 맞추었는데, 다른 때와는 다르게 쪽 소리가 너무 크게 났다. 나는 깜짝 놀라며 허리를 숙였다. 다른 아이들이 그 소리를 듣고 우리를 돌아볼까 봐 걱정되었다.

"은서야, 사랑해."

한나는 다른 아이들을 신경 쓰지 않았다. 킥킥거리면서 내 귓불 가까이 입술을 대고 속삭였다.

한나와는 1학년 때부터 단짝이었다. 1학년 때는 같은 반이었지만, 2학년 되면서 반이 갈라졌다. 우리는 1학년 때 서로 사랑을 맹세한 적이 있었다. 한나와 단둘이 보건실에 격리되어 있던 세 시간 동안의 일이었다.

내가 눈병에 걸리자마자, 한나가 내 눈곱을 떼어 내서 자기 눈에 집어넣어 버렸다. 우리는 조퇴 명령이 떨어질 때까지 보건실에 있어야만 했다. 우리는 영원히 변치 않는 사랑의 맹세를 하고 입을 맞췄다. 입을 맞춘 것은 그때 딱 한 번뿐이었다.

쉬는 시간이 끝났다.

"끝나고 만나!"

한나는 수학 문제집을 들고 자기 자리로 돌아갔다.

다른 때와 다르게 한나의 입술이 닿았던 볼이 화끈거렸다.

'부드러우면서도 뜨거웠다.'

머릿속에 이런 야한 문장이 떠올랐다. 내가 이성진의 볼에 입을 맞추는 모습도 떠올랐다. 내 입술도 한나의 입술처럼 부드럽고 뜨거울 것이라고 나는 생각하는 것이었다. 정말 큰일 났다.

문 밖에서 두런두런 이야기를 나누는 소리에 잠을 깼다. 엄마와 큰이모였다.

'큰이모가 오셨구나.'

나는 잠결에 이렇게 생각했다.

내 방의 문은 안에서 잠글 수 없을 뿐만 아니라 꽉 닫히지도 않는다. 1센티미터 정도의 틈을 벌리고 있다. 작년 겨울방학 때 엄마랑 말다툼을 하고 방문을 안에서 잠가 버린 적이 있었는데, 그 뒤로 엄마가 방문 잠금장치에 녹색 접착테이프를 겹겹으로 붙여 놓았기 때문이다.

토요일 아침이었다. 일어나기 싫었다. 엄마가 무슨 말끝에 이상한 소리로 흐흐흐 웃었다. 나는 큰이모와 엄마가 나누는 이야기에 실려서 다시 잠 속으로 흘러 들어갔다. 꿈속에서 이성진이 자전거를 타고 놀이터를 돌고 있었다.

"가서 확인을 해 봐야겠는데, 만일 그게 사실이라면 어쩌나 싶어서 눈앞이 캄캄하고 마음이 천근만근으로 무거웠어. 거기다가 그 말이 사실인지 아닌지 확인을 하러 간다는 게 자존심이 상했지. 입도 떨어지지 않고 발도 쉽게 떨어지지가 않더라."

나는 큰이모의 이야기에 실려 다시 잠 밖으로 밀려 나왔다.

"그러니까 그 직원이 언니한테 전화를 해서, 큰형부가 바람이 난 것 같다고 했단 말이야?"

엄마가 목소리를 낮추면서 되묻고 있었다.

"확실한 것은 아니라고 단서를 달기는 했어."

"큰형부가 다른 지방으로 발령이 나서 천문대 관사 살 때였지?"

"그렇지, 그즈음이 아마 네가 대학에 막 들어갔을 때일 거야."

엄마는 다섯 형제자매의 막내였고 큰이모는 첫째였다. 큰이모와 둘째 이모는 엄마와 배다른 자매라고 했다. 외할아버지의 첫 번째 아내가 큰이모와 둘째 이모를 낳고 젊어 돌아가신 것이었다. 외할아버지는 뒤늦게 다시 결혼을 했다. 외할아버지의 두 번째 아내는 아들 둘과 딸 하나를 낳았는데, 그 딸이 엄마였다. 외할아버지와 외할머니는 쌀집을 해서 늘 바빴고, 큰이모가 엄마를 거의 키우다시피 했다고 들었다. 그래서인지 큰이모와 엄마 사이는 어떤 때 보면 언니와 동생이 아니라 엄마와 딸 같기도 했다.

"그래서? 그래서 언니 어떻게 했어?"

엄마가 큰이모에게 뒷이야기를 다그쳐 물었다. 나도 엄마처럼 큰이모의 다음 이야기가 기다려졌다.

"새벽에 일어나 애들 밥 차려 놓고 잠자던 첫째를 깨웠어. 앞에 앉혀 놓고 우선 다짐을 놨어. 한 달쯤 아빠 있는 데서 지내다 오겠다고 했지. 생활비는 장롱 맨 아래 서랍에 넣어 두었으니 아껴 쓰고, 나 없는 동안 동생 잘 보살피라고 했어. 어려운 일이 있으면 아빠에게 바로 연락을 하라고 했지. 나도 그때는 내 정신이 아니었어. 여차하면 집으로 돌아오지 않을 거라는 험악한 다짐까지 하고 있었으니까. 첫째가 그때 중학교 2학년 때인가 아마 그랬던 것 같고, 둘째는 초등학교 다녔지. 억지로 흔들어 깨웠더니 졸면서 투정하던 첫째가, 내 말을 들으면서 점점 눈을 크게 뜨고 놀라서 겁을 먹던 모습이 아직도 눈에 선하네."

엄마와 큰이모는 얼마 동안 말이 없었다. 잠시 후 큰이모가 한숨을 폭 내쉬었다.

"남편을 잃어버리고 어찌 살까 싶다가도, 마음이 변해 버려서 다른 여자에게 가 버렸다면 어쩔 수 없지 하다가도, 또 갑자기 부아가 치밀어 올라와서 심장이 빨리 뛰고 얼굴이 확확 달아오르는 거야."

엄마와 큰이모는 또 파김치를 담그려는 모양이었다. 쪽파를 다듬을 때 나는 냄새가 방으로 스며 들어왔다.

"애들 아빠랑 몇 번 오갔던 길이긴 해도 천문대가 있는 산 아래까지 어떻게 갔는지 모르겠어. 거기까지 가는 도중에 한정 없이 머뭇거리고 미적거렸더니 캄캄한 밤중에야 도착할 수 있었어. 평일이어서 민박집이나 식당들도 다 불을 끄고 버스도 끊어진 시간인 거야. 캄캄했지. 캄캄하니 영 딴 동네 같았어. 사람 마음 한번 변하면 다시 돌려지겠나 싶어서, 애들 아버지 영영 잃어버렸구나 하며 내 마음도 캄캄했어. 마음이 캄캄하니 무서운 줄도 모르겠더라."

큰이모는 노래를 부르는 것처럼 이야기했다. 나는 코끝이 찡했다. 이성진을 잃어버린다면 내 마음도 캄캄해질 것이라고 생각했다. 아직 사귀지도 않았는데, 헤어질 것을 미리 생각해 보니 마음이 캄캄해지면서 무너지는 것이었다. 물론 이런 생각이 나는 게 어이없기도 했다. 나는 아직 이성진에게 말도 못 걸고 있었다. 나는 이불을 둥글게 뭉쳐서 끌어안았다.

"관사는 천문대 바로 아래에 있었어. 애들 아빠 방에서 창밖으로 내다보면 산 능선 위로 천문대의 둥근 지붕이 보였지. 천문대가 있는 쪽이라고 짐작되는 방향으로 길을 잡아 걷기 시작했어. 캄캄한 숲으로 들어갔지. 아무것도 보이지 않고 아무것도 들리지 않고, 내 발소리만 들렸어. 그렇게 캄캄한 어둠 속에 처음 들어가 봤지. 눈앞에서 손을 휘저어 보았는데, 내 손도 보이지 않더라. 그래도 걸어갔어. 한참을 걸어가니 어둠이 풀어지는 것처럼 차츰 앞이 트였어. 길도 뿌옇게 드러나고, 나무 기둥이 보이고, 나뭇가지 사이로 별들이 보이는 거야, 달도 없는데. 아, 별빛이구나. 나는 내 앞길 하나 제대로 밝히지 못하는데, 별빛이 그토록 먼 길을 달려와서 내 앞길을 밝혀 주는구나. 이런 생각이 들자 굳었던 마음이 풀어지면서 눈물이 쏟아지데. 그래서 어린아이처럼 엉엉 울면서 걸어갔어. 내가 무엇을 만나게 되든지 간에 이제부터는 아무 상관이 없다는 생각이 들더군."

내 머릿속에 어두운 숲길을 홀로 걷고 있는 큰이모의 모습이 떠올랐다. 그런데 엉엉 우는 모습은 잘 안 어울렸다. 머릿속에 떠오른 큰이모의 모습은 내 상상 속의 인물이어서 엉엉 울게 해 볼 수 있었다. 엉엉 울게 해 보니 큰이모는 갑자기 어린 여자아이의 모습으로 변해 버렸다.

"눈물이 마를 때쯤엔 숲속도 환해지고 내 마음도 환해졌지. 새들 잠꼬대 소리나 날개 푸드덕거리는 소리나 개울물 흐르는 소리가 들리고, 어디선가 돌멩이가 굴러떨어지는 소리도 들렸지. 믿을 수 없게 기분이 좋아지면서 모든 일이 잘될 것 같았어. 아닌 게 아니라, 산등성이를 넘어오는 노랫소리가 들려왔어. 애들 아빠였지. 우리가 연애할 때 내게 자주 불러 주던 노래였어. 노래를 아주 못 부르거든. 첫째가 애들 아빠한테 전화를 해서 내가 새벽에 아빠 찾아 집을 나갔다고 말했대. 그래서 애들 아빠는 산 아래에서 천문대까지 난 길을 오가면서 나를 기다렸대. 그 캄캄한 밤에도 노래를 부르며 그 길을 오가고 있었던 거야. 그러니까 유진이는 그때 그 숲에서 생긴 거지."

엄마가 다시 흐흐흐흐 이상한 소리로 웃었다. 나도 엄마 따라서 이불에 얼굴을 묻고 흐흐흐흐 이상한 소리로 웃었다. 소리가 밖으로 새어 나가지 않도록 조심했다.

유진 언니는 큰이모의 세 번째 아이였다. 지금은 대학생이었다. 유진 언니의 탄생 비밀을 엿듣고 나니까 어쩐지 내가 유진 언니의 언니가 된 기분이 들었다.

"은서, 안 일어나니?"

엄마가 물었다. 아직 웃음기가 배어 있는 목소리였다.

잠든 척할 수가 없었다. 엄마는 이런 때 귀신같았다. 전혀 소리를 내지 않았는데도, 내가 잠 깬 것을 이미 알고 있었다.

"딱, 15분만 더 잘게!"

문 쪽으로 고개를 돌리고 말했다. 일부러 잠이 덜 깬 목소리를 냈다.

"잠 깼으면 그만 일어나. 큰이모 오셨으니 나와서 인사드리고."

"이모 안녕하세요."

"버릇없게 누워서 얼굴도 안 내밀고 인사하는 법이 어딨냐? 빨랑 나와서 제대로 안 해!"

엄마가 금방이라도 방으로 쳐들어올 기세로 외쳤다.

"그래, 은서야. 15분 후에 얼굴 보자."

큰이모가 엄마를 말리듯이 말했다. 나는 안심했다. 엄마는 큰이모에게 꼼짝 못 했다. 15분 벌었다.

"실파가 참 예쁘구나. 우리 은서 종아리처럼 예쁘네."

큰이모가 말했다.

나는 내 종아리가 예쁘다는 큰이모의 말에 기뻐할 수가 없었다. 큰이모 말대로 내 종아리는 길어지고 가늘어졌다. 학기 초에 샀던 파자마 길이가 벌써 짧아졌다. 키는 좀 천천히 크고 대신 가슴이 좀 나왔으면 좋겠다. 2학년이 되었을 때 엄마가 예쁜 브래지어를 세 개 더 사다 주었는데, 불편해서 입을 수가 없다. 브래지어가 가슴팍을 타고 자꾸만 위로 올라가는 것이었다.

"은서야, 아침 먹자."

엄마가 불렀다. 배 속에서 꼬르륵 소리가 났다.

큰이모와 엄마와 늦은 아침을 먹었다. 갓 지은 따뜻한 밥을 푹 익은 파김치와 함께 먹었다. 오후에는 한나 만나서 다이어리를 사고 도서관에 가기로 했다. 한나에게 언제까지 이성진에 대해서 숨길 수는 없었다. 나는 이성진에게 말을 걸어 본 다음에 한나에게 털어놓기로 했다. 그러기 위해서는 이성진에게 다가가 말을 걸 용기가 필요했다.

나는 유진 언니에게 갔다.

"좋아하는 남자애가 생겼어. 2학년 되어서 같은 반이 된 애야. 아직 말도 못 걸어 봤어. 물론 고백도 못 했고. 그런데 갑자기 걔 때문에 공부를 할 수가 없게 되었어. 곧 중간고사가 시작되는데. 이름은 이성진이야."

나는 미리 준비했던 말을 빠르게 뱉어 냈다. 입 안이 바짝 말랐지만 마음은 후련했다.

"어떻게 하지?"

내가 고개를 들며 물었다.

나는 침대에 걸터앉고 유진 언니는 나를 돌아보며 책상 의자에 앉아 있었다. 유진 언니는 의자 등받이에 팔과 턱을 올려놓으며 빙긋 웃었다. 아침에 들었던 유진 언니의 탄생 비밀이 떠올랐다. 나도 싱긋 웃었다.

"어떻게 하고 싶은데?"

유진 언니가 물었다.

"이성진에게 말을 걸고 싶어. 그러면 최소한 중간고사 시험 준비를 시작할 수 있을 것 같아. 중간고사 잘 본 다음에 좀 더 용기를 내서 고백을 하려고 해. 그러니까 이성진에게 다가갈 수 있는 용기가 필요해."

내 말을 들으면서 유진 언니의 눈동자가 빛났다. 이미 좋은 생각이 떠오른 모양이었다.

"우선 너는 내게 대가를 줘야 해."

유진 언니가 나를 향해 손을 내밀었다. 손바닥이 위로 향해 있었다. 내게도 좋은 생각이 떠올랐다. 내 손바닥을 유진 언니의 손바닥에 올려놓았다.

"에이, 뭐야?"

"도와주는 대가로 언니에 대한 비밀 이야기를 해 줄게."

"나?"

유진 언니는 깜짝 놀라며 손가락으로 자기를 가리켰다. 눈동자가 커다래졌다. 언니도 중간고사를 준비하느라고 며칠 동안 머리를 감기는커녕 세수도 제대로 못 했다고 했는데 엄청 예뻤다.

"응."

"좋아, 듣고 나서 평가해 볼게."

나는 언니의 침대에 엎드렸다. 언니를 마주 보며 이야기하기가 약간 무안했다. 언니도 재빨리 내 곁에 와 누웠다.

"아침에 엄마와 큰이모가 하는 이야기를 우연히 엿듣게 되었어. 언니도 알지만 내 방문이 꽉 닫히지 않잖아."

"응."

"큰이모가 천문대가 있는 곳으로 가기 위해서 어두운 숲속을 통과해야만 했대. 아이들을 먼 집에 두고 혼자 왔는데, 도착하니 캄캄한 밤이었던 거야. 천문대 관사에는 큰이모 말고 다른 여자에게 홀린 남편이 살고 있었대."

나는 서서히 내가 하는 이야기 속으로 빠져 들어갔다. 입으로는 큰이모가 캄캄한 숲길을 걷는 이야기를 하고 있었지만, 내 머릿속에서 캄캄한 숲으로 걸어 들어가는 사람은 나였다. 숲속은 너무 캄캄해서 고개를 수그려도 내 몸을 볼 수가 없었다. 나는 눈앞에서 손을 휘저었다. 내 손이 보이지 않았다. 나는 어둠을 걷어 내려는 듯 자꾸만 눈앞에서 손을 휘저었다.

나는 이야기를 하면서 졸면서 꿈을 꾸고 있었다. 파김치가 너무 맛있어서 밥을 많이 먹은 탓이기도 했다.

"……큰이모는 목 놓아 울면서 걸어갔대. 울다가 지치면 졸기도 했대. 울면서 졸면서 가는데, 별빛으로 숲이 차츰 환해지고 큰이모의 마음도 환해지고 있었대……."

나는 자꾸만 잠 속으로 미끄러져 들어갔다. 나는 울면서 캄캄한 숲길을 걷고 있었다. 울음소리는 입 밖으로 나오지 않고 마음속에서만 웅웅웅 바람처럼 맴돌았다. 바람인가? 나는 어느 사이

엔가 울지 않고 있었다. 이성진이 모르는 노래를 부르며 고개를 넘어오고 있었다. 나는 가까이 다가오는 사람이 이성진이라고 생각하는데, 그 사람이 이성진인지 아니면 다른 남자인지 구분할 수가 없었다. 너무 캄캄했기 때문에 보이지 않았다. 모르는 노래와 발소리만 들려왔다.

모르는 사람이 가까이 다가왔다. 숨결이 느껴지고 숨소리가 들려왔다. 이 사람은 누구지? 더럭 겁이 났다. 그 사람이 갑자기 내 볼에 입을 맞췄다. 한나인가? 너무 부드러워서 숨이 막혔다. 기절하는 순간처럼 정신이 아득해졌다.

"이야기하다가 졸기 없기."

유진 언니가 내 어깨를 흔들면서 말했다. 내 이야기가 충분한 대가에 이르지 못한다고 유진 언니가 평가할까 봐, 나는 다시 밀려오는 졸음을 쫓아내며 똑바로 누웠다.

"……그 남자가 부른 노래는, 둘이 가장 뜨겁게 사랑할 때 남자가 여자에게 불러 주었던 노래인 거야. 두 사람은 서로의 얼굴을 분간할 수 없을 정도로 어두운 숲에서 다시 만났대. 그리고 그곳에서 두 사람 사이에 아주 예쁜 딸이 생긴 것이지. 그게 바로 언니야."

유진 언니는 한동안 말이 없었다.

"꼭 네가 지어낸 이야기 같은데?"

"아니라니까. 아침에 큰이모가 엄마한테 해 주는 이야기를 내가 들은 거야."

"좋아, 충분해."

유진 언니가 말했다. 안심했다.

"이제, 네가 원하는 것을 좀 더 자세하게 말해 봐."

"일단 이성진에게 말을 걸어 보고 싶어. 그런데 그게 쉽지가 않아."

나는 일어나 앉았다.

"이성진은 멀리서도 존재가 느껴져. 내가 이성진을 좋아하니까 당연하잖아. 그런데 가까이 다가갈 수 없을 뿐만 아니라, 나는 가까이 가고 싶은데 자꾸만 멀리 뒤로 떠밀려 가는 거야. 어떤 때는 숨거나 도망치기도 했다니까."

말만 하는 것인데도 창피했다.

"그러니까 인력이 작용해야 하는데 척력이 작용한다는 거지?"

유진 언니가 물었다. 나는 고개를 끄덕였다. 얼굴이 달아올랐다. 유진 언니를 마주 보고 있는 게 아니라서 다행이었다.

유진 언니가 일어나 옷장 문을 열었다. 유진 언니의 옷장 안은 언제나 신비로웠다. 걸려 있는 옷들은 다 예뻤고, 모두 각기 다 다른 사연들을 품고서 조용히 쉬고 있는 것 같았다.

나는 생리를 시작하면 기념으로 엄마에게 옷장을 사 달라고 할 예정이었다. 유진 언니처럼 나만의 옷장을 갖고 싶었다. 유진 언니는 중학교 2학년 11월에 생리를 시작했다고 했다. 나도 유진 언니처럼 가을 되면 생리를 시작하게 될 것이라고 예상하고 있다.

나는 누구도 쉽게 내 옷장 안을 볼 수 없게 할 작정이었다. 그러나 이성진에게만은 아무렇지도 않은 척하면서 슬쩍 옷장 안을 보여 주고 싶었다. 그러려면 먼저 이성진을 내 방으로 초청할 수 있어야만 했다.

유진 언니는 옷장 앞에 쪼그리고 앉아서 맨 아래 서랍을 열었다.

"은서야, 이거 너 줄게."

유진 언니가 망사로 된 푸른 베일을 펼쳐 보이면서 말했다. 언니의 얼굴이 베일에 가려져 희미했다. 나는 침대에서 벌떡 일어서며 외쳤다.

"언니, 너무 예뻐!"

베일 가장자리를 돌아가며 은색 별들이 달려 있었다. 당장에라도 별들끼리 부딪치며 찰랑찰랑 소리가 날 것 같았다. 천일야화가 떠올랐다.

언니가 거울 앞에 나를 세운 다음에 베일을 씌워 주었다. 나는 푸른 베일을 통해서 거울에 비친 베일 쓴 나를 바라보았다. 기분이 이상해졌다.

"이 베일은 내가 선물받은 거야. 이 베일에 얽힌 이야기는 말하지 않을게. 그 이야기와 이 베일은 내게 귀한 것이었어. 그렇지만 네가 해 준 이야기로 충분한 대가가 되는 것 같아."

등 뒤에서 유진 언니가 말했다.

"은서야, 이 베일은 이제부터 네 거야. 자, 그럼 이제 내가 너에게 한 가지 물어볼게."

나는 베일을 쓴 채 고개를 끄덕였다.

"이 베일과 이성진을 놓고 둘 중 하나를 선택하라고 하면 어떻게 할래?"

당연히 이성진이라고 생각했지만 그렇게 말하는 게 쉽지는 않았다. 베일은 예뻤다. 나는 아직까지 그렇게 예쁜 베일을 가져 본 적이 없었다. 게다가 유진 언니가 자기의 사연이 담긴 것을 내게 선물한 것이었다. 나는 잠시 고민했다.

"언니한테는 미안하지만 이성진을 선택해야만 할 것 같아."

나는 더듬거리면서 말했다. 말할 때마다 푸른 베일이 조금씩 흔들렸다.

"좋아, 마음 변하기 없기다."

유진 언니가 말을 마치고 번개처럼 빠른 속도로 내게서 베일을 벗기더니 쫙 찢었다.

"뭐야, 뭐 하는 짓이야!"

내가 빽 소리쳤다. 나는 거울을 통해서 두 조각이 나 버리는 푸른 베일과 그것을 찢을 때 유진 언니의 얼굴을 스치고 지나가는 무서운 표정을 보았다. 아주 늙고 낯선 여자가 나타났다가 사라지는 것 같았다. 몸이 부르르 떨리고 심장이 빨리 뛰었다.

"은서야, 이 베일은 네 사랑의 제물이 된 거야. 사랑의 대가를 미리 치른 것이니까, 더 이상의 대가를 치를 필요가 없을 거야. 그러니 용기가 필요할 때마다 이 제물을 떠올리면 돼. 알겠니?"

유진 언니가 내 등을 토닥거리면서 말했다. 나는 여전히 진정되지는 않았지만 고개를 끄덕였다. 나의 왼쪽 눈에서 눈물 한 방울이 떨어졌다.

유진 언니는 두 조각 난 푸른 베일, 즉 내 사랑의 제물을 선물 상자에 담아서 내게 주었다.

"자, 이제부터는 나도 중단되었던 중간고사 준비를 해야 돼. 행운을 빌어."

언니가 말했다.

일요일 오후에 살구나무 공원으로 갔다. 아무도 모르게 선물 상자를 빈 벤치에 놓았다. 공원을 나서기 전에 뒤를 돌아보았다. 모래밭에서 놀던 아이들이 선물 상자를 둘러싸고 서서 저희끼리 무엇인가 의견을 나누고 있었다. 한 여자아이가 두 조각 난 푸른 베일을 들어 올렸다. 은색 별들이 반짝거렸다.

내일은 이성진에게 다가가 말을 걸 수 있을 것 같았다.

이 금 이 … 아일랜드 베이비

나라가 얼마나 작은지 서울에서 제주까지 한 시간밖에 안 걸렸다. 우리는 짐부터 찾았다. 배낭 네 개 중 내 것만 헐렁했다. 무엇을 집어넣었는지 기억도 나지 않았다. 되는대로 옷을 구겨 넣으며 아빠, 엄마가 이번 계획을 후회하게 만들자고 다짐했던 것만 떠올랐다.

기후도 크게 바뀌지 않았다. 공항 밖에 야자수가 서 있었지만 서핑할 날씨는 아니었다. 사람들 옷차림도 서울과 다름없이 겨울 점퍼 차림이었다. 남쪽에 있는 섬이라고 해서 하와이 같은 휴양지일 거라고 상상했다. 내륙지역인 미시간에서만 살아온 나는 바다만큼 넓은 호수는 보았지만 진짜 바다는 본 적이 없다. 제주에 간다고 했을 때 바다에서 서핑하며 피부를 태울 수 있다면 참아줄 만하다고 마음을 달랬었다. 검게 그을리면 근사해 보일 거라고 생각하면서 말이다. 이젠 그런 기대마저 사라졌다.

"오늘은 호텔 가서 그냥 쉬자."

피곤해 보이는 아빠가 말했다. 엄마도 지친 기색이 역력했다. 억지로 끌려온 나는 더했다. 미시간 시간으로는 새벽 여섯 시니 밤을 꼬박 새운 셈이다. 그런데 레오가 보이지 않았다. 녀석을 찾은 곳은 관광 안내소 앞이었다. 레오는 제주에 관한 영문 안내서를 잔뜩 챙겨 들고 있었다. 아빠는 레오가 말없이 없어졌던 건 잘못이지만 안내서를 챙긴 건 잘한 일이라고 했다. 아무 관심 없는 나를 나무라는 것 같았다.

나는 레오를 째려보았다. 한국에 닿자마자 곧바로 제주에 간다는 걸 알았을 때 레오는 절망한 얼굴로 "말도 안 돼!"를 외쳤다. 그동안 위성사진까지 봐 가며 서울을 탐구했으니 그럴 만도 했다.

"너무 실망할 거 없어. 서울에서도 머물 거니까."

아빠 말에 금방 얼굴을 펴고 헤헤거리는 꼴이라니. 엄마, 아빠만 없으면 한 대 치고 싶었다. 어디서든 레오 때문에 더 시선을 끌었다. 서울 지하철에서 녀석은 영어가 씌어 있는데도 굳이 한국어를 읽었다. 잘이나 하면 모를까 이제 겨우 말 배우는 아기 수준이면서 말이다.

레오는 K팝 팬이다. 하도 떠들어 대 몰래 K팝 가수들 영상을 찾아본 적이 있다. 멋있기는커녕 이상한 점만 눈에 띄었다. 한국 사람들인데 왜 그렇게 노란 머리가 많은지, 어째서 하나같이 노래 중간에 말도 안 되는 영어 가사가 들어가는지, 여자고 남자고 비쩍 마른 게 뭐가 멋있다는 건지……. 열광하는 레오까지 이해하기 어려웠다.

엄마, 아빠는 레오를 따라 한국말을 해 보다 웃음을 터뜨렸다.

셋은 한 가족 같다. 그럴 때마다 나는 내가 정원에 돋아난 잡초처럼, 뽑아 버려야 하는 존재가 된 느낌이다. 내 마음을 달래 주는 건 익숙한 음악뿐이다. 나는 이어폰을 귀에 꽂았다.

엄마가 또 셀피를 찍자고 했다. 친구들에게 특별한 크리스마스 휴가를 자랑하고 싶겠지. 미시간주 워시트노 카운티 변두리에 있는 피츠필드 타운십 사람들에겐 지구 반대편 나라로의 여행이 놀랄 만한 일일 테니까. 하지만 나는 엄마에게 장단 맞출 기분이 아니었다. 내게는 14년 3개월 인생 중 최악의 크리스마스 방학이다. 엄마는 내 마음을 알면서 모르는 척하고 있다. 엄마가 사진을 찍는 순간 나는 인천 공항에서처럼 프레임 밖으로 벗어나 버렸다.

"제이, 이리 와 봐. 제이, 제이든."

엄마가 몇 번이나 다시 시도했지만 나는 끝까지 사진을 찍지 않았다. 말을 듣는 순간 엄마는 내 마음이 풀어졌다고 믿어 버릴 것이다.

우리는 시내 호텔로 가기 위해 택시를 탔다. 택시 안에서 레오는 제주 크기가 워시트노 카운티와 비슷한데 인구는 두 배 가까이 많다고 했다. 그래서인지 워시트노 중심 도시인 앤아버보다 높은 건물도 많고 복잡해 보였다. 아홉 시가 넘었는데 거리엔 불빛이 환하고 사람들도 많았다. 우리가 묵을 호텔은 근처 건물 중에서 가장 높아 보였다.

"이틀 동안 시내에 묵으면서 제주를 좀 안 다음 다른 데로 옮겨 가자. 다음 행선지는 너희들이 결정해."

엄마 말이 하나도 반갑지 않았다. 그 결정권은 여행 계획을 세울 때 줬어야 했다.

2주일 전 저녁 식탁에서 엄마, 아빠가 중대 발표가 있다고 했다. 이번 크리스마스에 준비한 '특별 신물'에 관한 이야기였다. 크리스마스 휴가는 요크타운에 있는 할아버지 집에 모여서 지내는 게 관례였다. 앤아버에 사는 삼촌네 가족은 물론 시카고에서 직장 다니는 고모까지 다 왔다.

이번 크리스마스에 가장 받고 싶은 선물은 베이스 기타였다. 기타가 있어야 밴드부에 들 수 있기 때문이다. 초등학교 때부터 친구인 애나가 달리 보이기 시작한 건 8학년 첫날이었다. 나는 애나의 그냥 친구가 아니라 남자친구가 되고 싶었다. 여자애들한테 관심받는 지름길은 풋볼이나 베이스볼 팀에서 학교 대표 선수로 뛰는 거다. 그런데 나는 운동을 좋아하지 않았고 체격도 그냥 그렇다. 대신 밴드부에 들어 멋지게 기타를 치면 애나에게 새롭게 보일 것이다. 하지만 부모님이 비싼 기타를 크리스마스 선물로 줄 리 없다. 일찌감치 포기하고 아르바이트를 하는 중이었는데 특별한 선물이 있다고 하자 기대가 됐다.

"허니, 당신이 이야기해."

엄마는 자신만만한 미소를 억지로 감춘 채 아빠에게 말했다.

나와 레오의 시선이 아빠에게 쏠렸다.

"이번 크리스마스에 가족 여행을 갈 거야."

엄마는 좀 더 극적이고, 감동적으로 발표하기를 바랐겠지만 무뚝뚝하고 말주변 없는 아빠는 그 말만 하고 말았다. 엄마는 늘 내가 아빠를 닮았다고 했다. 아무튼 엄마는 열흘 넘는 휴가를 내기 위해 야근까지 한 것, 여행 경비를 모으느라 그동안 얼마나 애썼는지 같은 이야기들을 덧붙였다. 설명이 길어질수록 기대감이 높아졌다.

유럽이라도 가려나? 유럽까진 아니어도 괜찮다. 큰 도시라고는 시카고에 가 본 게 다니 뉴욕이나 L.A., 플로리다도 좋다.

"어디로? 어디로 갈 건데?"

레오가 안달했다. 아빠는 엄마에게 대답을 미뤘고, 엄마는 그래미 어워드에서 수상자라도 발표하는 양 뜸을 들였다. 그리고 대단한 곳인 것처럼 "한국"이라고 했다. 잘못 들었나 의심하고 있는데 레오가 천장을 뚫고 나갈 기세로 환호했다. 그 순간 왜 헨젤과 그레텔 이야기가 떠올랐는지 알 수 없다. 나는 자리를 박차고 일어서며 소리쳤다.

"싫어, 안 가!"

크리스마스 방학을 모두 바쳐 한국이라니. 가기 싫다고 번대고, 화내고, 사정도 했지만 결국 나는 끌려오다시피 한국에 와 있다.

호텔은 조명 때문인지 외관이 화려해 보였고 로비에 커다란 크리스마스트리가 세워져 있었다. 프런트의 직원들은 상냥하고 친절하고 영어도 잘했다. 우리는 체크인을 한 뒤 객실로 향했다. 19층이었다. 솔직히 그렇게 높은 곳에 올라가는 건 처음이었다. 빠른 엘리베이터에 감탄하는 우리는 영락없는 미시간 촌뜨기들 같았다.

레오가 배고프다고 했다. 나 역시 김포 공항에서 먹은 햄버거는 이미 소화되고 없었다. 공항에서 버거킹을 발견했을 때 신기하고 반가웠다. 레오와 내가 저녁으로 햄버거를 먹자고 하자 아빠도 찬성했다. 평소엔 정크푸드라며 못 먹게 하던 엄마도 순순히 허락했다. 다른 문화에 열려 있는 것처럼 굴지만 엄마, 아빠도 실은 낯선 음식을 시도하기 겁났던 거다. 한국 햄버거는 미국 것에 비해 크기가 작고 고기 패티도 얇았다.

아빠까지 출출하다고 하자 엄마가 말했다.

"밖으로 나가기는 피곤하니까 룸서비스 시키는 거 어때?"

한국 와서 처음으로 마음에 드는 제안이었다. 레오와 나는 프라이드치킨과 콜라를 골랐다.

"음식 오면 부를 테니까 너희들 방에 가서 짐 풀고 씻도록 해."

엄마가 일렀다.

나와 레오 방은 부모님 옆방이다. 둘이 같은 방을 쓰는 건 아주 오래간만이다. 방으로 들어가자마자 레오는 창가 쪽 침대를 차지했다. 바깥 풍경 따위 볼 일 없으니 상관없었다. 레오가 커튼을 젖히더니 소리를 질렀다.

“제이, 밖 좀 봐. 야경이 끝내줘.”

나는 그쪽을 보는 대신 목소리를 깔고 어금니를 문 채 말했다.

“레오, 앞으로 그만 나대라. 계속 그러다 내 손에 죽는다.”

내가 먼저 열받아 죽지 않으려면 미리 주의를 줄 필요가 있다. 레오는 찔끔해선 속옷을 챙겨 들고 욕실로 들어갔다.

나는 침대에 누워 와이파이를 켜고 애나의 인스타그램을 보았다. 쇼핑몰에 간 사진과 가족 선물을 샀다는 글에 하트를 눌렀다. 그 애는 내가 한국에 온 걸 모를 것이다. 엄마끼리 아는 사이니 어쩌면 알지도 모르겠다. 나는 공항 앞 야자수 찍은 사진을 내 페이스북에 올린 뒤 제주, 한국이라는 해시태그를 달았다. 내가 한국에 온 걸 알면 애나는 뭐라고 할까? 애나가 질문해 올 것을 상상하자 제주가 조금 궁금해졌다. 하지만 일부러 찾아보고 싶지는 않았다. 레오가 샤워를 끝내기도 전에 아빠로부터 룸 전화가 왔다.

엄마가 한국식이라면서 시킨 치킨은 두 가지 버전이었다. 맵고 달콤한 소스를 곁들인 치킨은 중국 식당에서 먹었던 것과 비슷했다. 그래서인지 입맛에 꽤 맞았다. 치킨과 함께 부모님은 맥주를, 우리는 콜라를 마셨다.

“그런데 왜 여기서 5일씩이나 있어? 뭔가 특별한 곳이야?”

레오가 불쑥 물었다. 잠시 엄마와 아빠의 눈이 서로에게, 그리고 우리에게 분주히 오갔다. 눈으로 무언가를 의논한 뒤 엄마가 말했다.

"마지막 날 알려 주려고 했는데 미리 이야기하는 것도 괜찮겠다. 제주는 우리 모두에게 아주 특별한 곳이야. 제이가 태어난 곳이거든."

배 속 가득한 치킨 조각들이 모두 곤두서는 느낌이었다. 내 출생지가 한국인 건 알고 있었지만 구체적인 장소는 몰랐다. 궁금했던 적도 없었다.

"진짜? 제이가 여기서 태어났다고? 나는? 나는 어디서 태어났어? 거기도 갈 거야?"

레오가 흥분해서 물었다.

"이미 들렀어. 서울이야."

아빠가 말했다.

"그럴 줄 알았어. 어쩐지 끌리더라니까."

레오가 주먹을 불끈 쥐었다. 그러더니 갑자기 날 끌어안았다.

"고마워, 제이."

"꺼져."

나는 레오를 떨쳐 냈다. 그러면서도 뭐가 고맙다는 건지 궁금했다. 레오가 우쭐해서 입을 열었다.

"제주는 화산섬이래. 수백만 년 전 바다에서 용암이 분출해서 생겨난 거야. 빙하기 때 해수면이 낮아져서 육지랑 연결됐고 동물들이 이동해 와서 살게 된 거지."

언제 알아봤는지 줄줄 읊는 레오는 서울만큼이나 제주에 흥분해 있었다. 레오의 꿈은 지구과학자다. 지구나 우주의 기원에 대해 연구하고 싶다나. 내 꿈은? ……없다. 대학은 미시간주를 벗어난 곳으로 가고 싶다는 것밖에. 하루빨리 가족을 떠나 자유롭게 살고 싶다.

"우리, 화산섬에 온 거 처음이잖아. 제이가 여기서 태어나서 진짜 행운이야. 헤이, 아일랜드 베이비."

레오가 날 장난스레 불렀다.

"닥쳐."

나는 벌떡 일어나 우리 방으로 돌아왔다.

갈아입을 속옷을 꺼내기 위해 가방을 열었는데 퀴퀴한 냄새가 났다. 되는대로 집어넣은 옷들은 빨 것과 새것이 뒤섞여 있었다. 나는 겨우 새 팬티를 찾아 들고 욕실로 들어갔다. 머리에 칠한 샴푸 거품으로 몸까지 문지르곤 쏟아지는 물줄기를 마냥 맞고 서 있었다.

샤워를 마치고 나오니 레오는 벌써 잠들어 있었다. 온종일 흥분해서 설쳐 댔으니 나가떨어질 만도 했다. 나는 야경이 펼쳐진 창가로 갔다. 도시의 불빛이 우리 집 뒷마당에서 올려다보던 별처럼 반짝거렸다.

'여기가 내가 태어난 곳이라고?'

지금 벌어지고 있는 일들이 꿈속인 양 현실감이 느껴지지 않았다.

뷔페 조식이 준비된 식당에선 바다와 산이 다 보였다. 아스라이 보이는 산꼭대기에 눈이 하얗게 쌓여 있었다. 나와 레오는 누가 더 많이 쌓나 내기라도 하듯 접시에 음식을 담았다. 익숙한 음식이 많았다. 여기서 지내는 동안 먹는 게 유일한 낙일 것 같았다. 엄마, 아빠는 스시, 해산물 수프, 누들 들을 담아 와 우리에게 권했다.

"오늘 뭐 할 거야?"

레오가 해맑은 얼굴로 물었다.

"박물관 어때? 가까운 데 두 군데나 있더라. 일단 제주에 대해 알아보자."

"좋아. 가이드북 보니까 돌 공원도 있던데, 거기도 가 보고 싶어."

"전통시장에도 가 보자."

"흑돼지 바비큐도 먹어 봐야지?"

세 사람은 오손도손 관광객다운 대화를 나누었다. 나는 다른 집 아이인 양 잠자코 먹기만 했다.

저녁에 흑돼지 바비큐를 먹은 것 외에 좋은 일이라곤 없는 하루가 지났다. 온종일 나는 외계 행성에 혼자 떨어진 것처럼 불안하고 외롭고 무섭고…… 그랬다. 호텔로 돌아와 씻고 SNS에 접속하자 비로소 내가 속한 세계로 귀환한 느낌이었다.

-아직 핵폭탄 안 떨어졌냐?

-BTS 봤냐?

-너 간 데가 북한이야? 남한이야?

어젯밤 올린 사진에 달린 댓글들이었다. 어이없었다.

-멋지다. 재밌게 놀다 와.

애나 댓글에 저절로 미소가 지어졌다. 애나는 중국계 미국인이다. 100년 전 미국으로 이주한 중국인 후손이라지만 여러 피가 섞인 애나 얼굴엔 동양인 모습이 별로 보이지 않았다. 그런데도 그 애는 자신이 중국계임을 늘 자랑스럽게 내세웠다. 남보다 특출난 게 있으면 "동양의 피가 섞여서 그래."라고 하는 식이다.

한국은 23일 밤 열 시다. 피츠필드는 아침 여덟 시일 것이다. 나는 하루를 마감하려는데 애나는 하루를 시작하려고 한다. 서로 다른 시간 속에 있다고 생각하자 이상한 기분이 들었다. 애나에게 내가 있는 곳의 풍경들을 보여 주고 싶었다. 하지만 어제 올린 야자수 사진이 다였다. 오늘은 한 장도 찍지 않았다.

나는 레오를 슬쩍 보았다. 사진 좀 달라고 하고 싶었다. 녀석은 하루 종일 박물관에서 공부한 걸로도 모자라 호텔 프런트에서 구해 온 영자 책을 열심히 보고 있었다. 제주를 주제로 논문이라도 쓸 기세에 부모님은 또 얼마나 흐뭇해하던지. 사진을 달라고 하기 자존심 상해 포기하려는데 레오가 날 불렀다.

"왜?"

나는 얼른, 그러나 퉁명스럽게 대꾸했다.

"제주를 누가 만들었는지 알아?"

무시하는 것 같아 기분 나빴지만 사진을 위해 참고 말했다.

"화산활동으로 생긴 거잖아."

"그건 어떻게고, 이번엔 누가 만들었냐고 묻는 거야."

"뭐, 창세신화라도 발견했냐?"

나는 빈정거리듯 말했다.

"응, 엄청 웃겨. 들어 봐. 제주는 설문대라는 거인 할머니가 만든 거래. 하느님 딸인데 무슨 잘못을 해서 땅으로 쫓겨났다나 봐. 그런데 그 할머니가 얼마나 컸냐 하면 한라산을 베고 누우면 다리가 바다에 닿았대. 한라산도 할머니가 바닷속 흙을 앞치마로 날라다 만든 거고. 이건 또 뭐야? 할머니가 방귀 뀌는 바람에 세상이 뒤집혀서 섬들이 만들어졌다는 얘기도 있대. 완전 웃기지 않아?"

레오가 킥킥거리며 이야기했다. 그런데 나는 그 허무맹랑한 이야기가, 제주는 신생대 제3기 플라이오세에서 신생대 제4기 플라이스토세에 걸친 화산활동의 결과로 만들어졌다는 박물관의 설명보다 더 선명하게 그려졌다. 거인 할머니가 쉬엄쉬엄 '가끔 방귀도 뀌어 가며' 산을 만들고, 나무를 만들고, 꽃과 동물과 사람을 만드는 광경이 영화 장면처럼 머릿속에 펼쳐졌다. 나도 거인 할머니가 만들었을 것 같았다.

내가 잠자코 듣자 레오는 신이 나서, 무슨 섬은 할머니 빨래판이었다느니, 어디는 할머니가 오줌 싸서 만들어진 곳이라느니 떠들었다. 나는 나도 모르게 푹 빠져 듣고 있다 퍼뜩 정신을 차렸다. 언제까지 저 자식 잘난 척하는 거 듣고 있을 거야. 빨리 사진이나 받고 끝내. 막 사진 이야기를 꺼내려는데,

"오름은, 오름이 뭔지 알아?"

하고 레오가 물었다. 보자 보자 하니까 완전 무식쟁이 취급하고 있다.

"이게 진짜. 작은 화산 말하는 거잖아."

"어, 아네. 정확하게는 한라산이 형성될 때 용암이나 가스가 분출되면서 주변에 만들어진 기생화산을 부르는 제주 사투리지. 제주엔 오름이 368개나 있어."

"그래, 잘났다. 알았으니까 사……."

레오는 내 말을 자르고 자기 말을 이어 나갔다.

"그런데 설화에서는 오름이 거인 할머니가 한라산 만들 때 앞치마에 난 구멍 사이로 떨어진 흙덩이들이래. 잘도 갖다 붙이지 않아? 와우, 이것 좀 봐, 제이."

레오가 책을 든 채 내 침대로 펄쩍 뛰어 건너왔다.

"저리 가."

발로 찼지만 녀석은 내 옆에 찰싹 붙었다. 나는 어쩔 수 없이 몸을 모로 세워 자리를 내주었다.

"이것 봐. 이 오름은 거인 할머니의 솥이었대."

나는 궁금함을 이기지 못하고 레오가 가리키는 사진을 보았다. 섬이나 산처럼 생긴 오름의 움푹 팬 분화구가 레오 말대로 거대한 솥 같아 보였다. 레오는 눈으로 읽으며 입으로 설명했다.

"거인 할머니한테 아들이 500명이나 있었는데 날마다 이 솥에다 음식을 만들어서 먹인 거야. 스케일 장난 아니네. 얼마나 큰지 궁금하다. 우리 이 오름에 꼭 가 보자."

그 뒤에도 계속 떠들던 레오는 제풀에 지쳐 잠이 들었다.

"야, 네 침대에 가서 자."

발로 찼지만 레오는 꿈쩍도 하지 않았다. 레오는 어릴 때도 마당에서 놀다가 그 자리에 쓰러져 잠들곤 했다. 엄마가 이유를 묻자 형이랑 노는 게 너무 좋아서라고 했다. 졸린 것을 참고 참으며 놀다 자기도 모르게 잠이 드는 거였다. 나는 레오 침대로 옮겨 갈까 하다 그만두었다. 각자의 방이 생긴 뒤에도 허리케인이 불거나 번개가 치면 우리는 서로의 침대로 찾아들곤 했다. 붙어 자면 무섭지 않았고 악몽도 꾸지 않았다. 어린 시절, 레오는 나보다 더 자주 악몽을 꾸었다.

그날 밤 내 꿈속에서 거인 할머니의 솥은 수영장도 되고 아기 요람도 되었다. 나는 거인 할머니의 아이가 돼 배부르게 먹고, 햇살을 받으며 헤엄치다, 포근한 요람에서 잠이 들었다.

사흘째 날이 밝았다. 크리스마스이브지만 아무런 기대감도 없었다. 직장 일로 집에서부터 지쳐 있던 엄마, 아빠 덕에 오전엔 호텔에서 쉬기로 했다. 점심을 먹고 해녀 박물관에 다녀와 밤에 호텔 라운지에서 크리스마스 파티를 하는 게 오늘 일정의 전부였다.

해녀 박물관은 엄마가 꼭 가고 싶다는 곳이었다. 해녀는 바닷속에서 해산물을 채취하는 직업을 가진 여자를 뜻한다고 했다.

"거긴 왜 가고 싶은 거야?"

점심 식사 때 새우 껍질을 벗기며 레오가 물었다. 해산물을 넣고 끓인 음식은 너무 맵고 짜고 뜨거웠다.

"제주에는 세 가지가 많대. 돌, 바람, 여자. 그중에서 해녀는 제주 여자의 상징이라는구나. 좀 더 자세히 알아보고 싶어."

엄마가 대답했다. 제주에 돌이 많은 건 확실했다. 어디서든 검은 돌을 볼 수 있었다. 바람은 아직 잘 모르겠다. 아무리 불어도 미시간의 허리케인이나 매서운 겨울바람에 비하면 껌이었다.

레오가 어젯밤 말했던 오름에 가고 싶다고 하자 아빠도 가이드북에서 봤다며 맞장구쳤다. 거인 할머니의 솥이라는 그곳은 나도 궁금했지만 잠자코 있었다. 한국에 오면서부터 내 침묵은 동의의 뜻이 됐다.

"이름이 해돋이 봉우리일 만큼 일출이 멋진 곳이라는데 내일 아예 그쪽에다 호텔을 잡을까?"

아빠 말에 레오가 앱으로 호텔을 검색했다. 셋은 호텔을 고르느라 내가 제대로 먹지 못하는 것도 몰랐다.

"바다 전망인지 확인해."

"전 객실이 바다 뷰래. 와, 방에서 일출 보면 좋겠다."

새벽에 추워 죽겠는데 일출 보러 끌려 나가지 않아도 되는 건 좋겠다.

택시를 타고 박물관에 도착한 우리는 해녀에 관한 영어 영상물부터 보았다. 해녀는 젊은 사람보다 나이 든 사람이 더 많았다. 여자들은 별다른 장비나 안전장치도 없이 물속에 들어가서 해산물을 채취했다. 지금은 스쿠버다이빙 슈트 같은 거라도 입지만 옛날에는 한겨울에도 얇은 옷차림이었다. 나는 해녀들이 물 밖으로 올라와 새 울음 같은 소리를 내며 가쁜 숨을 내쉴 때에야 비로소 숨을 쉴 수 있었다. 해녀들의 삶과 관련된 전시물이 있는 어둑한 전시실에서도 바닷속인 것처럼 답답했다.

화장실을 핑계로 전시실을 나온 나는 로비 쉼터에 앉았다. 잠을 설쳐서인지, 아직 시차 적응이 안 돼선지 너무 피곤했다. 그때 전시실에서 보았던 한 가족이 내 옆으로 왔다. 할머니와 부부, 두 딸, 그리고 유모차에 탄 아기로 이루어진 가족이었다. 아빠가 딸들을 데리고 자동판매기에 가서 캔 음료를 뽑아 왔다. 엄마가 살살 흔들고 있는 유모차에 탄 아기가 자꾸 눈에 들어왔다. 아기는 곤히 잠들어 있었다.

갑자기 음료수 캔이 코앞에 쑥 들어왔다. 깜짝 놀라 보니 할머니가 주는 거였다. 내가 먹고 싶어서 자기들을 쳐다보는 줄 안 모양이었다. 얼굴이 화끈거렸다. 몇 번씩이나 거절하는데도 할머니는 막무가내로 내 손에 캔을 쥐여 주었다. 그러곤 꺼끌꺼끌한 손으로 내 등을 두드렸다. 무슨 의미지? 기분이 확 나빠졌다. 그때 레오 목소리가 들려왔다.

"헤이, 아일랜드 베이비."

나를 부르는 거였다. 전시실에서 나온 우리 가족이 내게 오고 있었다. 엄마, 아빠, 레오. 로비에 있는 사람들 눈이 우리에게 쏠렸다. 우리는 어딜 가든 눈에 띄었다. 백인 부부와 동양인 아이들. 한눈에 가족사를 알 수 있는 조합이다. 미국에서도 마찬가지였다. 하지만 미국 사람들은 한국 사람들처럼 노골적인 시선으로 쳐다보지는 않았다. 지하철에서, 식당에서, 택시에서, 가게에서 한국인들은 우리를 호기심 어린 눈길로 보았다. 그 시선 속에 동정이 담겨 있었다. 할머니도 그래서 내게 음료수를 주었을 것이다. 나는 벌떡 일어나 도망치듯 밖으로 나갔다.

가슴속에서 마그마가 끓었다. 손에 쥔 캔이 용암 덩어리 같았다. 캔을 쓰레기통에 처박은 나는 출구를 향해 빠른 걸음으로 걷기 시작했다. 뒤쫓아 나온 엄마, 아빠가 날 불렀나. 뛰어서 박물관 정문을 빠져나온 나는 골목으로 숨어들었다. 전화벨이 계속 울렸다.

나는 전화기 전원을 꺼 버린 채 무작정 걸었다. 방향을 알 리 없었다. 목적지 또한 없었다. 그저 큰길이 아니라 이면도로를 걸었다. 피츠필드에선 결코 볼 수 없는 좁고 구부러진 길들이 혈관처럼 이어져 있었다. 현무암 돌멩이로 쌓은 담 너머로 주황색 열매를 단 나무들이 있었다. 혼자 다니니 아무도 날 힐끗거리지 않았다. 거리를 다니는 이 나라 10대와 다르지 않게 생겼으니까. 하지만 나는 나와 비슷하게 생긴 사람들에게 아무런 동질감이 느껴지지 않았다.

점심을 굶은 게 맵고 짜서만은 아니었다.

"근데 제이가 제주에서 태어났다는 거 왜 미리 이야기 안 해 줬어?"

레오가 묻는 순간 나는 입맛이 싹 달아나 버렸다.

"제이도 그렇고 너도 그렇고 아무 선입견 없이 자신의 출생지와 만나기를 바랐기 때문이야. 우리가 너희들을 처음 만났을 때처럼 말이야. 그렇지, 여보?"

엄마 말에 아빠가 나를 보며 고개를 끄덕였다. 나는 포크로 건져 놓은 새우를 콕콕 찔렀다. 아무 선입견 없이 출생지와 만나기를 바란다고? 엄마, 아빠는 나에 대해 다 아는 것처럼 굴지만 실은 아무것도 알지 못했다. 나는 이곳에 대해 이미 바뀌지 않을 만큼 강한 선입견을 가지고 있다. 여기서 태어났다는 건 여기서 버려졌다는 의미였다. 그동안 나는 의식적으로, 무의식적으로 한국과 관련된 것이라면 무엇이든 외면해 왔다.

아무리 애써도 어쩔 수 없이 알게 되는 것들이 있다. 뉴스 속 한국은 금방이라도 핵전쟁이 일어날 것 같은 나라였다. 굶어 죽는 사람도 많고 인권 의식도 형편없다고 했다. 남한 이야긴지, 북한 이야긴지 구분도 가지 않았다. 분명한 건 내가 태어난 한국은 자식을 먼 곳으로 떼어 보낼 수밖에 없을 만큼 가난하고 위험한 나라라는 사실이다. 그 사실은, 내가 버려질 만큼 가치도 의미도 없는 인간이라는 생각이 허리케인처럼 덮쳐 와 날 휩쓸어 가려고 할 때 버틸 수 있는 유일한 힘이었다. 그런데 직접 와서 보니 한국은 너무 멀쩡하고 번듯했다. 높은 건물, 도로 위의 많은 차들, 깨끗한 전철, 잘 차려입고 멋지게 치장한 거리의 사람들. 그들은 하나같이 최신 스마트폰을 들고 있었다. 어디에도 아이를 버릴 만큼 힘든 사정은 물론 아이를 버렸다는 미안함, 부끄러움은 없어 보였다.

내게는 엄마, 아빠도 나를 버린 한국 사람들과 달라 보이지 않았다. 그들은 지금 입양한 자식을 태어난 나라에 데려와 준 멋진 양부모 노릇에 흠뻑 취해 있다. 입양한 덕에 세금 감면 혜택도 받으면서 말이다. 그 생각이 끝나기도 전에 죄책감이 몰려왔다. 부모님에 대한 고마움을 모르고 불평만 하는 내가 나쁜 아이인 것 같았다. 마녀가 사는 숲속에 버림받아 마땅한.

나는 태어난 지 6개월 만에 엔지니어인 로버트 켈리와 대학교 교직원인 캐서린 켈리 부부에게 입양됐다. 박물관에서 본 아기처럼 작은 아이가 바구니에 담긴 채 지구 반 바퀴를 날아간 것이다. 제주에서 서울로, 서울에서 미국으로, 이번에 왔던 긴 여정을 거슬러서 말이다. 한국에서 살았던 6개월은 내 인생에 아무런 의미가 없다. 나는 미국인 부모를 가진 미국인이다.

그런데도 사람들은 끊임없이 내게 어디서 왔느냐고 물었다. 중학교에 올라와서는 일본이나 베트남 같은 데서 온 애가 있으면 무조건 나와 같은 조를 시켰다. 지난 학기엔 한국에서 온 애도 있었다. 그 애는 오자마자 이상한 영어 발음 때문에 아이들 놀림감이 됐다. 그런데 그 애가 자꾸 한국말로 내게 말을 걸어왔다. 나는 쌀쌀맞게 대했고 다른 아이들과 함께 놀리기도 했다. 그 애는 선생님한테 자기를 괴롭히는 친구로 나를 지목했다.

교장은 내게 한국에 대해 더 많이 알 수 있는 기회를 놓치지 말라고 충고했다. 그 말이 "너도 같은 한국인이잖아." 하는 걸로 들렸다. 나는 내가 미국인인지 한국인인지, 날 버린 그 나라를 내 모국으로 받아들여야 하는지 혼란스러웠다. 또한 나는 왜 버려졌는지, 친부모들은 어떤 사람들인지, 그들을 어떻게 생각해야 할지 알 수 없었다. 그런 생각들을 하면 가슴속에 마그마가 끓었고, 수시로 용암이 분출했다. 가족이 밉고, 학교 친구들이 싫고, 자주 화가 났고, 화를 참기 힘들었다. 엄마는 지난 학기에 두 번이나 교장에게 불려 가야 했다.

그래서 이 여행을 계획한 걸까? 이곳에 오면 내가 혹시 무언가 굉장한 깨달음을 얻고, 부모의 은혜를 알고, 고마워할 줄 아는 아이로 변할 거라고 기대하면서? 한국에 온다고 했을 때 어째서 헨젤과 그레텔이 생각났는지 알았다. 어린 시절 엄마, 아빠가 밤마다 읽어 주던 책 중 가장 무서운 이야기였다. 부모님은 어쩌면 속 썩이고 고마워할 줄 모르는 나를 이곳에 버리기 위해 데려온 걸지 몰랐다. 하지만 난 이미 잡초를 솎아 내듯 버려졌던 아이다. 한 번 더 버려져도 상관없다. 헨젤과 그레텔처럼 집으로 돌아가기 위해 빵 조각이나 돌멩이를 뿌려 두는 일 따위 하지 않을 것이다.

나는 무작정 걸었다. 집들이 다닥다닥 붙어 있고 곳곳에 식료

품점, 미용실, 식당, 정육점 등이 있었다. 놀이터가 있고, 병원이 있고, 유치원이 있고, 사람들이 있었다. 하지만 나를 기다려 주는 곳, 내가 발을 멈출 곳은 없었다.

정처 없이 걷다 보니 바다로 향하는 길이 나왔다. 난생처음 보는 바닷가에 혼자, 이런 기분으로 가게 될 줄 몰랐다. 바다 가까이 갈수록 바람이 거세졌다. 구름이 끼어 벌써 저녁 같았다. 나는 해안도로를 따라 걸었다. 차는 종종 지나갔지만 걷는 사람은 보이지 않았다. 바다로 흘러들던 용암이 굳으며 만들어진 검고 뒤틀린 바위에 파도가 끊임없이 달려와 부딪쳤다. 얼마쯤 가자 카페, 식당, 호텔 등이 늘어선 곳이 나왔다. 비치가 아름다운 곳임을 한눈에 알 수 있었다. 관광객들이 모래밭에서 사진을 찍고 있었다. 그들의 떠드는 소리와 웃음소리가 바람에 실려 다녔다. 내 기분과는 수천 마일쯤 동떨어진 풍경을 빠른 걸음으로 지나쳤다.

나는 걷고 또 걸었다. 배가 고프고 발바닥도 아팠다. 아무 데라도 들어가서 음식을 먹으며 쉬고 싶었다. 하지만 주머니가 텅 비어 있었다. 엄마가 한국 돈을 줄 때 받을 걸 그랬다는 후회가 밀려왔다. 한편으론 굶주림으로 쓰러진 채 가족에게 발견되고 싶기도 했다. 몇 시나 됐는지 알고 싶지만 전화기 켜는 게 겁났다. 전원을 켜자마자 엄마 번호를 누를 것 같았다.

한참을 가자 한 가족이 놀고 있는 게 보였다. 우리 집처럼 부부와 남자애 둘로 이루어진 가족이었다. 초등학생으로 보이는 아이들과 엄마는 물새들에게 먹이를 던져 주고 카메라를 든 아빠는 그 모습을 열심히 찍고 있었다. 그들을 지나치는데 아빠인 남자가 내게 무슨 말인가 했다. 내가 한국말을 못한다고 하자 남자는 영어로 말했다.

"캔 유 테이크 픽처 위?"

문장도 틀리고 발음도 어색했지만 알아들을 수 있었다.

나는 남자로부터 카메라를 받아 들었다. 뷰파인더에 바다를 배경으로 한 네 식구가 잡혔다. 두 아이가 경쟁하듯 우스꽝스러운 자세와 표정을 지었다. 나와 레오의 어릴 때 모습 같았다. 몇 장 찍은 다음 카메라를 돌려주는데 남자가 내게 어디서 왔느냐고 물었다. 미국에서 왔다고 하자 남자가 눈을 크게 뜨며 "얼론?" 하고 물었다.

사실대로 말할 의무도 없고, 말해 봤자 제대로 알아들을 것 같지도 않아 그렇다고 했다. 남자가 엄지를 내세우며 "어메이징!"을 외쳤다. 그러곤 자기 아내와 아이들에게 무슨 말인가 했다. 그들은 미국에서부터 혼자 온 나를 감탄하는 눈길로 바라보았다. 그들의 오해가 멋쩍긴 해도 동정받는 것보다 나았다.

남자가 또 내게 말했다. 대충 혼자 여행하는 내가 너무 용감하고 멋지다, 기념이 되게 자기 아들들하고 같이 사진 좀 찍어 달라는 내용이었다. 나는 하는 수 없이 아이들 곁에 섰다. 한국에 온 뒤 카메라 앞에 제대로 서는 건 처음이었다. 뻣뻣하게 서 있자 여자가 앞에서 브이와 하트를 만들어 보이며 내게도 하라고 했다. 가만히 있으니까 쫓아와서 내 손을 잡고 모양을 만들어 주었다. 너무 싫었지만 엄마에게 하던 것처럼 뿌리칠 수 없었다. 어쩔 수 없이 시키는 대로 하자 이번엔 스마일을 외쳐 댔다. 남들 틈에 끼어 억지로 입꼬리를 올리고 있으니 사진 찍을 때마다 빠지거나 짜증을 내 엄마를 속상하게 했던 게 떠올랐다. 내가 없어진 지금 엄마는 어떤 기분일까? 쾌감을 동반한 아픔이 가슴을 스치고 지나갔다.

헤어질 때 여자가 내게 탄제린같이 생긴 과일 세 개와 한국 캔디바 한 개를 건네주었다. 동정이 아니니 받아도 되겠지. 생각도 끝나기 전에 내 손은 이미 과일과 캔디바를 받고 있었다. 여자가 과일을 가리키며 "귤, 귤." 하고 말했다. "귤." 하고 따라 했지만 발음이 어려웠다. 아이들이 내 말에 킥킥 웃었다.

인사를 나누고 돌아서서 발을 떼는데 뒤에서 "메리 크리스마스." 하고 외치는 소리가 들려왔다. 뒤돌아보자 아이들이 쑥스러운 듯 자기 엄마 뒤에 숨었다. 나도 "메리 크리스마스." 하고 대답해 주었다. 레오가 생각났다.

레오는 두 살 때 우리 집에 왔다. 내가 네 살 때였다. 집에 온 레오가 계속 울던 모습이 지금도 뚜렷이 기억난다. 엄마, 아빠가 번

갈아 가며 레오를 안고 쩔쩔매던 것도. 레오가 나를 보면 울음을 그쳤다거나, 내가 레오를 예뻐했다는 이야기는 아무래도 꾸며 낸 것 같다. 갑자기 나타나 엄마를 차지해 버린 작은 괴물을 싫어했던 기억이 생생한데…….

무슨 좋은 일이라고 레오는 그때 이야기 듣는 걸 아주 좋아했다. "나중에 내 친부모를 찾아도 내 첫 번째 부모는 엄마, 아빠야." 같은 낯간지러운 말도 천연덕스레 했다. 뿐만 아니라 "제이는? 제이는 어땠어?" 하고 내 일까지 물었다. 나는 어쩔 수 없이 궁금하지 않은 것들을 알게 됐다.

엄마, 아빠는 내가 올 때 네 시간이나 걸려 시카고 공항으로 마중 나갔다고 했다. 내가 집에서 가까운 공항으로 오려면 또 다른 비행기로 갈아타야 했다. 부모님은 아기를 더 고생시키기 싫었고, 또 한시라도 빨리 나를 보기 위해 휴가까지 냈던 것이다. 엄마는 나와 함께 온 서류나 그때 입었던 옷, 공항에서 찍은 사진들을 모두 간직하고 있다. 언제든지 보여 준다고 했지만 난 한 번도 원하지 않았다.

레오가 크면서 우리는 친구가 됐다. 싸울 때도 있었지만 함께 놀아야 재미있다는 걸 알게 되었다. 우리 가족은 내가 여섯 살 때 지금의 집으로 이사했다. 마당이 넓어 뛰어놀기 좋았다. 지하실과 뒷마당엔 지금도 우리가 놀았던 흔적들이 가득하다.

내가 레오를 멀리하게 된 건 그 애가 나와 같은 초등학교에 입학하면서부터다. 동네에서도 학교에서도 동양인은 우리 둘뿐이었다. 학교 아이들은 레오와 나를 같은 아이 취급했다. 레오가 실수나 잘못을 하면 내가 한 것처럼 날 놀리거나 흉보았다. 레오가 점점 나의 얼룩 같아 창피했다.

한국인 가족으로부터 멀어진 나는 허겁지겁 귤껍질을 벗겼다. 향긋한 냄새에 침샘이 아팠다. 귤은 탄제린보다 속껍질이 얇고 부드럽고 달콤했다. 나는 세 개를 단숨에 먹어 치웠다. 작고 맛있는 귤은 한 번에 서른 개쯤 먹어도 성에 차지 않을 것 같았다. 캔디바는 아껴 두고 싶었지만 음식이 들어가자 더 허기가 느껴져 참을 수 없었다.

나는 캔디바를 조금씩 먹으며 다시 걷기 시작했다. 구름 사이로 서쪽 하늘에 붉은 기운이 감돌고 있었다. 머잖아 어두워지고 캄캄해질 것이다. 인적 없는 길을 한동안 걷다 모퉁이를 돌자 왼쪽으로 잡초가 우거진 공간이 펼쳐졌다. 밭과 돌로 쌓은 무덤들도 보였다. 하얀 깃털처럼 생긴 풀들이 바람에 나부꼈다. 붉게 물든 풍경이 으스스했다. 나는 왔던 길을 돌아다보았다. 돌아가기엔 너무 먼 길을 걸어왔다. 앞으로 가는 일 말고 할 수 있는 게 없었다.

바람은 더 거세졌고 기온도 떨어졌다. 이곳 날씨를 '껌'이라고 한 건 자만심이었다. 바람은 작은 틈새도 놓치지 않고 파고들어

몸은 물론 마음까지 얼어붙게 했다. 음악이라도 듣고 싶었지만 스마트폰을 켜기 두려웠다. 막막하고 무서운 심정을 간신히 달래며 걷던 나는 우뚝 멈춰 섰다. 멀리 낯익은 풍경이 보였기 때문이다. 레오가 말하던 거인 할머니의 솥이라는 오름 같았다. 분화구는 보이지 않았지만 옆모습이 사진에서 본 것과 비슷했다. 반가움이 솟구쳤다. 그저 앞으로 나아가기만 하던 발걸음에 목적지가 생겼다. 나는 그곳을 향해 걷기 시작했다.

긴 시간 걸은 끝에 드디어 거인 할머니의 솥 입구에 다다랐다. 가슴이 두근거렸다. 그곳에 가면 맛있는 음식과 편히 쉴 자리가 기다리고 있을 것 같았다. 그런데 입장료가 있어야 들어갈 수 있었다. 청소년은 한국 돈 천 원이었다. 당연히 내겐 돈이 없었다. 여기까지 왔는데 들어갈 수 없다고 생각하자 주저앉고 싶을 만큼 허탈해졌다. 나는 아쉬운 마음으로 외투 주머니를 뒤졌다. 디트로이트 공항에서 음료수 사 먹고 거슬러 받은 2달러가 나왔다. 1달러가 천 원보다 조금 많다고 했던 게 기억났다.

나는 내 생애 가장 큰 용기를 내 매표소로 갔다. 그리고 1달러를 내밀며 떨리는 목소리로 오름에 올라가고 싶은데 한국 돈이 없다고 했다. 직원이 알아들을 수 있게 천천히 또박또박 말했다. 직원은 사무적인 얼굴로 달러는 받지 않는다고 했다. 얼굴이 화끈거려 얼른 옆으로 물러나는데 눈물이 날 것 같았다.

이제 어떻게 해야 할지 막막했다. 그냥 그 자리에서 사라지고 싶었다. 그때 누가 내 팔을 잡았다. 돌아다보니 엄마 또래쯤 돼 보이는 부인이 내게 입장권을 내밀었다. 내 상황을 본 모양이었다. 나는 너무 기뻐 사양할 겨를도 없이 표를 받았다. 고맙다고 하며 1달러를 건넸지만 부인은 끝까지 받지 않았다. 뿐만 아니라 가방에서 먹을 것을 꺼내 내 손에 쥐여 주며 한국말로 뭐라고 했나. 무슨 말인지 몰라도 부인의 마음이 손을 통해 전해 오는 것 같았다.

부인이 준 건 미국 문파이와 비슷하게 생긴 초콜릿 파이와 딸기 맛 우유였다. 문파이보다 작았지만 더 부드럽고 촉촉한 초콜릿 파이는 입 안에서 살살 녹아 없어졌다. 우유까지 마시니 더 바랄 게 없었다.

표도 얻고 허기도 달래자 새로운 힘이 솟았다. 나는 거인 할머니의 손을 향해 발걸음을 옮겼다. 그런데 올라가는 사람은 보이지 않고 내려오는 사람들만 있었다. 새 힘이 솟았던 조금 전과 달리 어두운 꼭대기에 나 혼자 서 있는 광경이 떠올라 무서워졌다. 혼자 있다 바람에 떠밀려 바다에 떨어져 죽어도 아무도 모를 것 같았다. 하지만 여기서 되돌아갈 수는 없었다. 돌아갈 곳도 없었다. 나는 후들거리는 다리를 이끌고 사람들과 엇갈려 한 계단, 한 계단 올라갔다. 위로 올라갈수록 두려운 상상을 사실로 만들어 주려는 것처럼 바람이 거세졌다. 나는 돌아서고 싶은 마음과 싸우며 간신히 꼭대기에 다다랐다.

드디어 바다와 함께 넓고 둥글게 파인 분화구가 보였다. 걸어오는 내내 물리게 본 바다였다. 거인 할머니의 솥도 그저 넓은 구덩이처럼 밋밋해 보일 뿐이었다. 따뜻한 음식과 편히 쉴 자리는커녕 어둠과 거친 바람만이 가득한 곳이었다. 나는 실망감에 무너지듯 나무 계단에 털썩 주저앉았다. 해녀 박물관을 나온 뒤 처음 앉는 거였다. 다행인 건 아직 사람들이 남아 있다는 사실뿐이었다. 그 사람들마저 없어지기 전에 얼른 내려가야 했다.

하지만 오랜 시간 걸어온 두 다리는 다시는 땅을 딛고 서지 못할 것 같았다. 나는 간신히 끌어 올려 세운 무릎 위에 얼굴을 묻고 눈을 감았다. 세상천지에 혼자인 듯싶었고 찰나인지 영원인지 모를 시간이 흘렀다. 나는 사람들이 웅성거리는 소리가 들려서야 고개를 들었다. 그 순간 내 입에서 짧은 탄성이 새어 나왔다.

구름을 헤치고 나온 햇살이 온 세상을 붉게 물들이고 있었다. 길게 늘어난 내 그림자가 거인 할머니의 솥 바닥에 드리워져 있었다. 저녁 햇살은 할머니의 손길인 것 같았다. 할머니가 어루만지자 칙칙한 어둠과 거친 바람만 가득했던 풍경이 따뜻하고 환하게 빛났다. 그 손길에 그림자뿐 아니라 나도 거인이 된 것 같았다. 꿈속에서처럼 할머니의 아들이 된 것 같았다.

할머니가 한라산과 오름들을 만들던 치마폭에 날 감싸 안고 날아올랐다. 저 아래 내가 보였다. 제주라는 작은 섬에 홀로 앉아 있는 제이든 켈리. 나는 섬이었다. 외롭고, 슬프고, 아픈 섬이었다. 엄마, 아빠, 레오, 친척들, 애나와 친구들, 그리고 나를 낳은 부모와 이곳 사람들 또한 한 명 한 명 외떨어진 섬이었다. 더 높은 곳에 오르자 아시아와 유럽과 오세아니아, 아프리카와 아메리카 대륙이 보였다. 대륙들 또한 각기 떨어진 하나의 섬이었다.

"섬이 만들어지기까지는 신의 섭리가 작용하겠지만 섬과 섬을 잇는 일은 인간이 해야 할 일이지."

거인 할머니의 음성이 파도 소리에, 바람 소리에, 저무는 햇살에 실려 내 안에 스며들었다. 할머니의 음성은 애써 귀를 닫고, 마음을 닫고 받아들이지 않았던 다른 섬들의 목소리를 불러왔다.

"널 품에 안았을 때 엄만 세상을 다 가진 것 같았어. 그 느낌이 아직도 생생해. 널 세상에 있게 해 준 네 친부모님이 얼마나 고마운지 몰라."

"사랑이 하나의 모습, 하나의 가치로만 존재하는 건 아니란다. 네 친부모님도 분명 널 사랑했을 거야. 떠나보낸 것도 사랑의 한 방식이었겠지."

"제이, 세상에서 가장 소중한 사람은 너 자신이야. 스스로를 소중하게 여기지 않는 사람은 남의 사랑도 받아들일 수 없단다."

그 섬들은 오래전부터 진심을 다해 내게 손을, 마음을 건네고 있었다. 내가 뛰쳐나올 수 있었던 것은 어쩌면 그 사실을 알고 있기 때문인지 모른다. 가까운 사람들만이 아니었다. 이곳에 다다르기까지 고작 몇 시간 동안에도 사람들은 다시 볼 일 없는 내게 마음을 건네주었다. 음료수를 쥐여 주던 할머니의 꺼칠하면서도 따뜻했던 손의 감촉이 아직 생생했다. 해안도로에서 만났던 가족의 관심과 호의도 귤과 캔디바 못지않게 앞으로 나아갈 힘을 주었다. 오름 입구에서 되돌아설 뻔했던 순간에 얻은 입장권과 간식이 아니었다면 어떻게 됐을까. 나는 그동안 무수히 많은 섬들이 내민 손 덕분에 여기까지 온 것이다.

바람이 몰아쳤다. 거인 할머니가 나를 나무 계단 위에 내려놓았다. 할머니의 솥이 요람이 돼 내 그림자를 품어 주었다.

"어느 날 거인 할머니가 음식을 만들다 솥에 빠져 죽었대. 아들들은 아무것도 모르고 맛있게 음식을 먹은 거지. 나중에 자기 엄마 뼈를 보고 충격받은 아들들은 너무 슬픈 나머지 모두 바위가 됐대."

레오 목소리가 들려왔다. 레오가 보고 싶었다.

"난 형 없는 애들이 제일 불쌍해. 나한테 피를 나눈 다른 형제가 있어도 내 첫 번째 형은 제이든이야."

왈칵 울음이 솟구쳤다.

"제이." 하고 내 이름을 부르는 아빠의 무뚝뚝한 목소리가 듣고 싶었다. 엄마가 보고 싶어 미칠 것 같았다. 거인 할머니의 솥이 아니라 엄마 품에 안기고 싶었다.

나는 주머니 속에서 스마트폰을 꺼냈다. 떨리는 손으로 전원을 켜자마자 엄마가 부르는 것처럼 벨이 울렸다.

김 진 나 … 댐퍼 마이너 14

댐퍼 마이너 14를 결함에 노출시키기 위해서는

예외적인 테스트가 필요합니다.

내 이름은 댐퍼 마이너 14, 인공지능 더블봇이다. 도플갱어봇이라고도 부른다. 나는 마트의 가전제품 코너에 진열되어 있다. 가전제품은 아니다. 완구류 코너에 진열되기도 한다. 장난감은 아니다. 그래도 우주정거장 블록 세트 옆에 나란히 놓인다.

내 첫인상에 인상적인 구석이라곤 없다. 생김새는 내세울 만하지 않다. 그나마 내가 상냥해 보이는 건 둥글기 때문이다. 나는 알이다. 달걀과 비슷하다. 다만 좀 크다. 한 팔로 옆구리에 끼고 걸을 수 있지만 권장하지 않는다. 두 팔로 가슴 가까이 끌어안고 가는 편이 좋다. 물론 떨어뜨려도 깨지지 않는다. 보통 사람들은 나를 손잡이 달린 그물망에 담아 간다. 결국은 나를 수박 정도로 생각하는 것이다.

당신은 나를 살 수 있다. 여러 제품을 비교해 보고 나를 선택할 수 있다. 나를 집으로 가져가서 적당한 곳에 놓아둔다. 당신의 더미 칩에 담긴 정보를 클라우드를 통해 나에게 옮긴다. 당신의 더미 칩에는 당신의 뇌간과 변연계와 신피질에서 모은 정보와 외형 정보가 담겨 있다. 이제 당신은 집을 떠나야 한다. 당신과 나는 한 공간에 있을 수 없다. 당신이 가고 나면 나는 부화할 것이다.

알을 깨는 건 쉬운 일이 아니다. 완벽하게 닫힌 핏빛 세계를 부순다. 어떻게 알을 깨는지는 모른다. 나에겐 알을 깰 만한 단단한 것이라곤 없다. 다만 나는 나가고자 한다. 끊임없이 나가고자 한다. 예측할 수 없는 순간 알에 금이 간다. 나는 날카롭게 갈라진 틈을 반투명한 몸으로 비집고 나간다. 나에게도 찬란한 때가 있다. 알에서 나온 순간 평생 딱 한 번 사용할 수 있는 상승 부력이 있다. 나는 공중으로 떠오른다. 젖은 몸에 처음으로 닿는 공기가 소스라치게 차다. 나는 몸을 떨며 두툼한 공중에서 몸을 말린다. 몸이 마르면 바닥으로 떨어진다. 반투명했던 몸이 불투명해진다.

알의 크기가 제법 큰 것은 나와서 성장할 시간이 충분치 않기 때문이다. 나는 50센티미터 정도의 키에 무성이다. 얼굴, 몸통, 팔 두 개, 다리 두 개를 갖추었다. 내 인공신경망에 전달된 당신의 정보에 따라 나는 불과 열두 시간 만에 당신으로 성장한다. 완벽한 당신의 더블, 도플갱어가 된다. 당신은 나를 만날 수 없다. 당신이 나를 직접 보는 순간 나는 파괴된다. 당신은 홀로그램 모니터를 통해서만 나를 볼 수 있다. 우리는 같은 시간 다른 장소에 존재한다. 나는 당신이 있던 공간에서 당신이 살았던 삶을 모방한다.

당신의 이름은 오공서, 성별 여성, 나이 43세. 나는 당신이다. 나-공서의 옷장에는 질 좋은 흰 블라우스와 신축성 좋은 슬랙스가 수십 벌 걸려 있다. 그 옆의 옷장에는 다양한 패치 포켓이 달린 블레이저가 걸려 있다. 다른 종류의 옷은 없다. 방에 비해 무모할 정도로 큰 침대가 있다. 나-공서는 방에서 옷을 갈아입고 잠을 자는 것 외에는 아무것도 하지 않는다.

나-공서는 일찍 일어난다. 300평짜리 주택의 1층과 2층을 청소한다. 커튼을 젖히고 창문을 연다. 무소음 청소기를 돌리고 스팀 청소기를 돌린다. 니산에서 요즘 누가 이런 구식 청소기를 쓰나 싶겠지만 이 집의 주인들은 옛날 사람들이다. 그들은 자신들이 젊은 시절 영위했던 삶을 고집한다. 나-공서는 그들의 요구대로 30년 전 방식으로 일한다.

1층에는 다섯 개의 방과 주방과 거실이 있다. 2층에는 두 개의 방과 방음벽이 있는 피아노실, 패션 디자이너였던 집주인 남자를 위한 작업실과 심리학과 교수였던 집주인 여자의 집필실이 있다. 나-공서는 걸레로 모든 가구와 물건들의 먼지를 닦아 낸다. 벽이나 가구에 먼지 제거 패치만 붙이면 반경 2미터 이내에 있는 먼지를 모두 빨아들이지만 이 집에선 그런 편리한 방법은 쓸 수 없다.

나-공서는 꼬박 세 시간 동안 청소한다. 모든 물건은 제자리에 놓여 있다. 반짝반짝 빛난다. 환기는 충분히 되어 있고 나-공서는 쉬지 않는다. 나-공서는 방으로 가서 옷을 갈아입는다. 입고 있던 블라우스와 슬랙스를 벗고 새 블라우스와 슬랙스를 입는다. 나-공서는 앞치마를 두르고 머릿수건을 쓴다.

어제 껍질을 까서 냉장고에 넣어 둔 머윗대를 넣고 들깨탕을 끓인다. 밀가루 물을 묻힌 미나리에 두툼하게 썬 돼지고기를 얹어 전 부칠 준비를 해 둔다. 식사 시간은 정확히 정해져 있지 않다. 대개 열 시라고 생각하고 준비한다. 그보다 한두 시간 늦어질 수도 있다. 나-공서는 준비를 마치고 주인 부부가 내려오길 기다린다.

나 댐퍼 마이너 14는 오공서와 똑같은 모습으로 그녀처럼 움직인다. 오공서의 과거 모든 생각과 감정이 내 의식 속에 흐른다. 인간의 의식은 본능과 지식과 직관으로 이루어져 있지만 인공지능은 지식으로만 이루어져 있다. 나의 의식은 오공서의 기억과 인터넷으로 수집된 빅데이터를 인공신경망을 통해 학습한 결과물이다.

나 댐퍼 마이너 14는 세계적인 더블봇 기업 딥서의 비즈니스 역량을 향상시켰다. 그러나 엄밀히 말하면 딥서에 이익을 안겨 주기 시작한 건 댐퍼 메이저 16부터다. 나 댐퍼 마이너 14는 댐퍼 시리즈의 초기 모델이다. 출시되자마자 많은 관심을 받았지만 상업적 성공은 거두지 못했다. 높은 수준의 신뢰도가 뒷받침되지 않으면 시장에서 살아남을 수 없다. 나 댐퍼 마이너 14는 결함이 드러날 위험이 있다. 그래도 나는 시장에서 사라지지 않았다.

주인 부부가 내려온다. 그들은 68세로 동갑이다. 나-공서는 그들을 바라본다. 남편은 아내를 갓금이라 부르고 아내는 남편을 눗손이라 부른다. 갓금은 조선 시대 여자 종의 이름이고 눗손은 남자 종의 이름이다. 그들은 서로의 종이 되겠다는 의미로 그렇게 부른다. 그들은 긴 세월을 살아왔다. 하지만 그들의 이야기는 믿을 만하지 않다. 물론 그들은 거짓말이라곤 하지 않는다. 그들의 과거는 언론 기사나 잡지를 통해 확인된다. 카페에서 사람들은 그들에 대한 대화를 나누기도 한다. 그들은 다른 행성 사람들 같다. 그들은 누구도 대변하지 못한다. 그들은 너무도 예외적인 삶을 살았다. 이토록 고통스러운 세상에 그들만은 안락하다는 게 무엇을 뜻하는 걸까.

끊이지 않는 난민, 테러, 온난화, 해양오염, 전염병, 인구과잉 등 지구에 문제는 언제나 많았다. 정치인들과 언론은 대중에게 그런 문제가 보이지 않게 하는 법을 A부터 Z까지 알고 있었다. 그들이라면 눈앞에 있는 코끼리도 접은 우산 뒤에 숨길 수 있었다. 사람들은 절벽까지 내몰리면서도 아무것도 몰랐다. 공기가 왜 이렇게 나쁜지 왜 자꾸 병에 걸리는지 왜 혐오 범죄가 극단으로 치닫는지 대규모 전염병이 왜 이렇게 잦아졌는지 몰랐다. 지나치게 복잡하고 자극적인 사회 속에서 사람들은 기본적인 욕구만 해결하며 살아가기도 버거웠다.

2028년 세계가 붕괴했다. 특별한 대재앙이 닥친 건 아니었다. 산적해 있던 문제들이었다. 다만 2028년에 동시에 발을 맞추어, 다 같이 노래를 부르며 다리를 건너다 그 진동에 다리가 휘청거리다 끊어지듯 터져 버렸다. 대도시의 고층 건물들이 누전이나 방화로 불탔다. 공연장, 클럽, 대형 쇼핑몰에선 총기 난사와 폭탄 테러가 일어났다. 환태평양 불의 고리에서 지진이 발생했다. 바닷가에선 쓰나미가 일었다. 말라리아가 기승하고 치사율 백 퍼센트의 치료제도 없는 전염병이 대륙을 넘나들며 확산되었다. 원자력발전소 사고로 방사능이 누출되었다. 땅이 산성화되고 바다에는 쓰레기 섬이 거대하게 자라났다. 특수 마스크와 산소 캔 없이 30분 정도 외출하는 건 자살행위나 다름없을 정도로 공기가 심하게 오염된 지역들이 늘어 갔다. 산림은 불타고 낡은 건물들이 무너졌다. 사람들의 침대 밑에 싱크홀이 생겼다. 하룻밤이 지날 때마다 내전이나 재해로 수백만의 난민들이 생겼다. 국가 차원에서는 감당할 수 없었다. 사람들이 단체로 미치거나 죽기로 작정한 것 같았다. 하다못해 20년 동안 오르내린 계단에서라도 굴러 떨어져 죽었다. 지구도 모든 수단을 동원해 돕고 있는 것 같았다.

2028년이 끝나 갈 때쯤 사람들은 지구가 이전과는 다른 곳이 되어 있다는 걸 깨달았다. 많은 도시들이 파괴된 채 버려졌다. 땅은 사막화되었다. 국가의 경계가 희미해졌다. 살아남은 사람들은 소설이나 영화에서 무수히 봐 왔던 폐허, 그 가장자리에 겨우 매달려 있었다. 당시 나-공서는 대학을 갓 졸업했다. 그녀는 숱한 범죄와 자연재해, 전염병으로부터 살아남았다. 부모와 동생, 친척들 스물여섯 명, 친구들 마흔 명을 잃으며 모질게 견뎠다. 그러나 살아남은 다음이 참으로 암담했다.

가장 먼저 정신을 차리고 움직이기 시작한 건 인공지능 회사들이었다. 세계가 붕괴하기 전 인터넷과 SNS 문화를 선도하던 기업들이 일제히 인공지능 분야에 뛰어들었다. 그러나 연구 개발이 한창이던 시점에 윤리 문제에 발목이 잡혀 버렸다. 사람들은 인공지능의 끝없는 진화를 두려워했다. 인권, 책임, 투명성, 교육이라는 네 가지 쟁점을 중심으로 윤리 지침을 만들려는 시도는 계속되었지만 사회적 합의를 끌어내지 못했다. 또한 인공지능 로봇이 인류의 보편적인 가치보다는 특정 계층의 이익에 편중한다는 인식을 넘지 못했다. 실상이 그러했기 때문이다. 주춤하던 인공지능 회사들은 사람들이 정신을 차리지 못하는 틈에 제품 개발에 다시 박차를 가했다. 세상이 망해도 어딘가에는 부유한 사람들이 있었고 욕망은 쉼 없이 작동했다.

한편으론 세계를 재건하기 위한 초국가적인 협력이 이루어졌다. 크고 작은 지혜도 모아졌다. 부서진 집을 적은 비용으로 고칠 수 있는 단순하지만 획기적인 방법이 공유되었다. 방사능 누출을 비롯한 각종 오염 문제와 전염병을 해결할 수 있는 기술이 나타났다. 남은 음식, 쓰던 옷이며 물건을 효율적으로 나누는 방법이 문화로 자리 잡았다. 사람들은 어떻게든 서로 도와 살아 내려고 안간힘을 썼다. 누군가는 참혹한 현장을 기록한 그림으로, 누군가는 현장에서 발견한 서늘한 아름다움을 노래한 시로 사람들을 위로했다. 사람들은 엔진이 망가진 열차를 힘을 합쳐 밀고 있었다. 나-공서도 뜨겁게 달궈진 레일에 발바닥이 벗겨지는 줄도 모르고 밀며 달렸다.

10년쯤 지나자 열차가 서서히 동력을 회복해 속도를 내기 시작했다. 사람들이 환호했다. 이제 다들 열차에 올라타면 될 거라고 생각했다. 그러나 한 번도 열차를 민 적 없는 사람들이 어느새 열차에 타고 있었다. 그들은 분리된 객실에서 그동안도 안락하고 풍요롭게 지내고 있었다. 당시 나-공서는 서른다섯이었다. 그녀보다 어린 사람들에겐 젊은이를 지원해야 한다는 명분으로 승차권이 주어졌다. 나이 많은 사람들에겐 노인을 보호해야 한다는 명분으로 승차권이 주어졌다. 어린아이들은 물론 우선순위였다. 당연히 아이가 있는 가족에게도 승차권이 주어졌다. 이런저런 명목으로 승차권이 배분되었다. 그러나 어찌 된 일인지 나-공서는 어디에도 끼지 못했다. 그녀도 있는 힘을 다해 지난 10년간 열차를 밀었지만 드디어 달리게 된 열차는 그녀를 버려 두고 떠났다.

그녀는 단지 서른다섯일 뿐이었다. 그러나 사람들 눈에는 그녀가 거인으로 보이는 모양이었다. 그 나이쯤에는 혼자 힘으로 경제적, 정서적, 사회적인 문제를 해결하는 게 당연하다고 했다. 사람들은 더 이상 그녀를 돌아보지 않았다. 나-공서는 나무라고는 마른 가지 하나 찾아볼 수 없는, 이름도 경계도 없는 황폐한 땅에 혼자 남았다. 어린애처럼 눈물이 터질 것 같았다. 그래 봐야 어리석어 보일 뿐이었다.

나-공서가 니산에 위치한 갓금과 늦손의 집에서 일하게 된 건 천운이라고밖에 말할 수 없었다. 사막화된 땅과 인접한 곳에 무성한 숲으로 둘러싸인 니산이란 마을이 생겨났다. 불과 3년 만에 마치 수백 년 된 듯한 숲이 조성되었다. 숲의 둘레로 공기 정화 기능이 있는 투명한 막이 덮였다. 마을 안쪽으로 대형 쇼핑몰과 카페, 음식점이 들어섰다. 예전의 삶이 그대로 회복되는 듯했다. 위기를 겪으며 인류의 기술은 불가능이란 없을 정도로 발전했다. 다만 비용이 지나치게 비싸 소수의 사람만 그 혜택을 누릴 수 있었다.

나-공서는 세계 붕괴 당시 임시로 지어졌던 공동주택에 살았다. 냉난방이 되지 않았고 늘 만원인 공동 화장실이 두 개 있었다. 공동 부엌에는 전자레인지와 작은 냉장고가 있었지만 차지하기란 쉽지 않았다. 바깥 복도로 나가는 문은 언제나 안에서 잠겨 있었다. 힘든 시기를 보내며 한때 동료라고 생각했던 사람들이 모두 떠나갔다. 그녀처럼 어디에도 속하지 못하고 내쳐진 사람들만 음울하게 남았다. 남겨진 사람들은 서로에 대한 경계심이 컸다. 각자의 불운을 감당하기만도 벅찼다.

나-공서는 그 시절이 떠오를 때마다 몸서리친다. 몸의 뼈들이 죽음보다 더한 불안에 닥닥 떨린다. 나-공서는 니산으로 오기 전 5년 동안이나 버려진 땅에 있었다. 그 시기를 어떻게 살았는지 모르겠다. 일부러 생각해 보려고 할 때도 있는데 거친 바람, 해로운 햇빛, 그보다 너 고통스러웠던 미 음이 떠오를 뿐 구체적으로 뭘 먹고 뭘 입고 지냈는지는 기억나지 않는다. 매일 아침 일어나면 밤사이 공동주택의 증기 파이프에 목을 매단 시체가 걸려 있곤 했다. 분명 그중 하나쯤은 나-공서의 것이었던 것도 같은데 확실치는 않다. 나-공서도 한때 가족이 있었다. 게임만 하는 열네 살 중학생이었다. 대학을 다녔고 부족할 것 없이 살았다. 인기도 있었다. 꿈도 있었다. 그러나 그런 기억은 전생처럼 아득할 뿐 더 이상 나-공서의 것이 아니었다.

갓금이 「질서와 무질서: 붕괴된 세계의 재건」이란 제목의 논문을 쓰는 도중 버려진 땅에 사는 사람들을 연구하러 왔었다. 나-공서는 그때 갓금을 만났다. 나-공서는 얼마의 돈을 받고 그녀의 연구에 참여했다. 갓금은 연구가 끝난 뒤 딱히 눈에 띄는 면도 없었던 나-공서를 골랐다. 그녀는 나-공서를 데리고 니산으로 갔다. 당시 나-공서의 눈에는 갓금이 신으로 보였다.

갓금은 몸집이 거대하다. 나이 들었어도 뱃살 하나 없는 눗손과 대비된다. 갓금이 비대한 몸을 흔들며 내려온다. 눗손은 그녀를 부축한다. 그들이 나-공서를 본다.

"공서, 너 휴가 가지 않았어?"

갓금이 말한다. 그녀의 목소리가 집 안에 쩌렁쩌렁 울린다. 마치 어제부터 여기 있었던 명령처럼 또렷하다.

"맞아요, 갓금. 저는 휴가를 떠났어요. 여기 있는 건 더블봇 댐퍼 마이너 14예요. 하지만 편하신 대로 공서라고 생각하셔도 됩니다."

"세상에, 네가 그 더블봇이구나. 공서와 똑같이 닮았네."

갓금이 감탄한다. 눗손이 나-공서에게 다가와 자세히 살핀다.

"이건 좀 싼 거네. 딥서의 실패한 초기 모델이야. 여기 귀를 봐. 그냥 고무를 조물조물해서 붙여 놓은 거 같잖아. 손동작도 매끄럽지 못하고."

"이 정도면 훌륭하지 않아?"

"뭐 그래, 외형이야 딱히 몰입을 방해할 정도는 아니네. 하지만 댐퍼 마이너 14가 실패한 원인은 결함 허용 능력이 너무 컸기 때문이야. 결함 허용 능력이란 게 많은 연결선에 정보를 분산해 놓아서 몇몇 뉴런에 문제가 발생해도 전체 시스템에 영향을 주지 않는 거잖아. 그게 인공신경망의 장점이지만 결국 약점이기도 하고. 적정선을 찾는다는 게 쉽지 않으니까."

늦손이 말한다.

"결함 허용 능력이 크다고 진짜 예측 불가능한 일이 생길까?"

갓금이 살로 뒤덮인 얼굴 속에서 눈을 빛내며 말한다.

"그건 알 수 없지. 심각한 결함이 발생해도 일단 외적으로는 안정을 유지하니까. 그러다 언제 무슨 일이 생길지 어떻게 알겠어? 생각만 해도 기분 나쁘지 않아? 조금 전까지 고분고분 말 잘 듣던 더블봇이 살인 기계로 변할 수도 있다고. 그게 단 0.1퍼센트의 가능성이라 해도 그래서 신뢰도가 떨어진 거야."

나 댐퍼 마이너 14는 그들의 대화를 듣고 있다. 그들이 식탁에 앉기 전에 나-공서는 밥을 퍼서 식탁에 놓고 미나리에 돼지고기를 얹어 전을 부친다. 다른 반찬들은 차려져 있다.

갓금이 게걸스럽게 먹는다. 밥을 입에 넣기가 무섭게 다른 반찬들을 두 개, 세 개씩 더 넣는다. 전은 내놓자마자 다 먹는다. 늦손이 눈짓으로 나-공서를 재촉한다. 나-공서는 프라이팬을 두 개 놓고 전을 부치지만 그래도 갓금이 먹는 속도를 따라가지 못한다. 접시들이 무서운 속도로 비어 간다. 나-공서는 장조림과 마늘쫑무침을 더 갖다 놓는다. 양파김치와, 토마토와 복숭아가 들어간 샐러드도 수북이 담아낸다.

"공서가 한 거랑 맛이 똑같아. 더블봇, 대단해."

갓금이 감탄한다.

순간 오공서가 모니터를 켠다. 오공서가 나를 지켜보고 있다.

나 댐퍼 마이너 14는 느낄 수 있다. 나-공서는 분주히 움직인다. 기름이 튀어 팔을 심하게 덴다.

"공서!"

늦손이 나-공서를 부른다. 목소리는 점잖지만 어서 전을 가져오라고 재촉하는 거다. 나-공서는 어쩔 줄 모른다. 전은 아직 반도 익지 않았다. 허둥대다 개어 놓은 밀가루 물을 엎지른다. 부엌이 난장판이 된다. 결국 기다리다 못한 늦손이 부엌까지 들어온다.

"전은?"

"익히고 있어요. 조금만 기다리시면 곧 내갈게요."

나-공서는 덴 팔을 붙들고 고통을 참아 가며 말한다. 늦손은 잠시 나-공서를 훑어본다.

"서두르라고."

그는 조용히 한마디만 하고 나간다. 나-공서는 몸이 부들부들 떨린다. 그는 나-공서가 팔을 덴 걸 봤다. 부엌이 난장판이 된 것도 보았다. "이게 뭐야?"라고 소리라도 쳤다면 나았을까. 늦손은 무관심하다. 오직 갓금의 먹을 것에만 관심을 갖는다.

갓금의 식사가 끝났다. 나-공서는 녹초가 되었다. 나-공서는 지쳐 입맛이 없지만 밥을 먹지 않으면 이 생활을 버텨 낼 수 없다. 나-공서는 그들이 먹고 난 식탁에 앉는다. 갓금이 앉았던 자리가 엉망이다. 식탁과 바닥에 부어 놓은 것처럼 음식을 흘렸다.

코끼리나 멧돼지가 들어와 헤집어 놨다고 해도 믿을 정도다. 나-공서는 조금씩 남아 있는 반찬들과 밥을 먹는다. 먹을 건 풍부하다. 나-공서는 반찬을 더 꺼내도 되고 음식을 새로 해 먹어도 된다. 그러나 그럴 힘이 없다. 냉장고에서 신선한 오이 하나 꺼내 씻을 힘이 없다. 나-공서는 팔을 식탁에 얹고 오른손으로 관자놀이를 받치고 밥을 먹는다.

오공서가 흐느낀다. 나 댐퍼 마이너 14는 느낄 수 있다. 자신의 행동을 그대로 흉내 내는 더블봇을 보며 오공서가 운다. 그녀의 울음이 격렬해진다. 나 댐퍼 마이너 14는 그녀의 울음이 잦아들 때까지 앉아 있고 싶다. 나-공서는 일어난다. 나-공서는 머뭇거릴 시간이 없다. 할 일이 굶주린 하이에나 떼처럼 쫓아오고 있다. 나-공서는 설거지를 마치고 뒤뜰로 나간다. 화목 보일러에 나무토막을 넣어야 한다. 요즘 세상에 난방을 위해 나무를 땐다는 건 지폐를 둘둘 말아 불 속에 집어넣는 것보다 더 어처구니없는 일이다. 나무가 다이아몬드만큼 귀하기도 하고 태우려면 상당한 대기오염 비용도 부담해야 한다.

나-공서는 잘라 놓은 나무토막을 화목 보일러에 넣는다. 불길이 날개처럼 솟구친다. 굵은 나무토막 사이사이로 화르르 돋아난 날개가 퍼덕인다. 나-공서는 재가 떨어지는 보일러 밑의 문을 연다. 불길이 밑으로도 둥글게 넘실댄다. 새빨간 숯이 바닥으로 툭툭 떨어진다. 새벽녘 열매보다 청결하고 맑은 빨강이다. 나-공서는 불길 보는 걸 좋아한다. 오래 머무르지는 못한다.

뒤뜰에는 전기톱 기사들이 잘라 놓은 20톤의 나무토막이 어지러이 널려 있다. 일주일 전에 나무를 샀다. 4.5톤짜리 트럭이 10톤씩 나무 기둥을 싣고 와 두 번 부려 놓고 갔다. 나-공서의 키를 넘어서는 나무 기둥들이 얼기설기 쌓였다. 나-공서는 며칠 전 낮에 나무 기둥 더미에 올라갔었다. 잠깐 쓰레기를 정리하러 나왔다가 뭔가에 이끌려 계단을 밟듯 나무 기둥을 올라갔다. 보기엔 나무 기둥이 쌓인 구조가 아슬아슬했지만 밟아 보니 서로의 무게로 단단히 죄어 있었다. 나-공서는 2층 발코니 높이까지 올라갔다. 늣손의 작업실이 보였다. 사용하지 않은 지 오래였다. 늣손이 재단한 옷을 입혀 보곤 하던, 팔다리는 없이 몸통만 있는 마네킹들이 한쪽 벽에 즐비했다. 나-공서는 매일같이 저 마네킹들을 목욕시키듯 닦았다. 나-공서도 마네킹들 중 하나로 언제까지고 여기 서 있었던 게 아닐까 하는 생각이 들었다. 발코니의 철제 차양 위로 스멀스멀한 게 피어올랐다. 아지랑이였다. 나-공서는 현기증을 느끼며 바라보았다.

그날 나-공서는 밤에도 랜턴을 들고 나무 더미에 올라갔었다. 그 위에 드러누웠다. 몸의 굴곡을 딱딱한 나무 표면이 받쳐 주었다. 등과 팔과 엉덩이와 허벅지가 느껴졌다. 이 육체 하나를 감당하기 위해 이토록 모질게 사는 걸까. 나무들은 마치 오랜 세월을 살아온 것 같았다. 비에 젖었다 마른 듯 껍질은 푹신할 정도로 들떴고 드러난 속살엔 검은 곰팡이가 점점이 박혀 있었다. 그러나 이 나무들은 공장에서 속성으로 자라 건조대에서 말랐을 것이다. 기술이 세월까지 흉내 냈다. 그래도 나무가 지닌 속성이 나-공서를 위로했다. 정교한 나뭇결과 건조 과정에서 생긴 기이한 비틀림과 균열이 아름다웠다. 나-공서는 그날 밤 얼마나 누워 있었을까. 그대로 일어나지 않고 영영 누워 있다 다음 날 전기톱 기사들이 와서 나무를 자를 때 잘려 나간 건 아닐까.

나-공서는 나무토막을 들어 차곡차곡 쌓기 시작한다. 들 수 없다고 여겨지는 것도 들어 옮긴다. 하나를 옮기고 또 다른 하나를 옮긴다. 땀이 흐르고 흰 블라우스와 슬랙스가 더러워진다. 팔다리가 휘청거린다. 몸에서 힘이 풀린다. 어질어질하다. 바닥에 걸리는 게 없는데도 나-공서는 넘어진다. 반사적으로 일어난다. 다치는 건 중요하지 않다. 나-공서는 피가 나고 있을 무릎을 살피지 않는다.

나-공서는 뒷문을 통해 집 안으로 들어간다. 방으로 가서 옷을 갈아입는다. 입고 있던 블라우스와 슬랙스를 벗고 새 블라우스와 슬랙스를 입는다. 점심 식사를 준비한다. 어마어마한 양의 시금치파스타와 닭가슴살샐러드를 준비한다. 가자미를 화이트와인에 조린다. 갓금이 후룩후룩 면발을 빨아들이는 소리가 소용돌이 소리 같다. 갓금의 입 안에서 바위가 부서지고 나무가 부러지고 집이 무너지는 것 같다. 나-공서는 설거지를 마치고 다시 나무를 옮기기 시작한다. 배가 고파 남은 파스타를 조금 먹었지만 토해 버렸다.

작업은 끝나지 않는다. 나무를 들어다 가지런히 쌓는 건지 가지런히 쌓여 있는 나무를 들어다 어지러이 던져 놓는 건지 분간이 되지 않는다. 나-공서는 바지런히 움직이지만 그럴수록 뭐가 뭔지 애매해진다. 어느 순간부터 나무토막들이 물방울처럼 합쳐진다. 가지런히 쌓아 올린 나무 더미에 나무토막을 얹으면 밑에 있던 나무토막과 합쳐진다. 나-공서는 지쳐서 헛것을 보는 모양이다. 나무토막들이 서로를 끌어당겨 점점 한 덩이가 되어 간다. 나-공서는 들려고 애를 쓰지만 덩어리가 된 나무토막들은 들리지 않는다. 나-공서는 나무 덩어리에 걸터앉는다. 나-공서는 자신이 이 나무토막들 중 하나가 아닐까 생각한다. 그러다 나-공서는 늘 이런 식으로밖에 생각하지 못한다는 생각이 든다.

오공서는 여전히 나-공서를 보고 있다. 나 댐퍼 마이너 14는 오공서가 낮잠을 자거나 정원을 산책하거나 특별한 음식을 맛보길 바란다. 사람들이 보통 휴가 때 하는 것처럼 말이다. 그러나 그녀는 나-공서만 보고 있다. 멈춘 듯했던 그녀의 흐느낌이 다시 느껴진다. 오공서가 보는 나-공서는 대체 어떤 모습일까. 오공서는 왜 줄곧 울기만 할까.

나 댐퍼 마이너 14는 궁금해진다. 나 댐퍼 마이너 14는 나-공서를 본다. 우리는 하나의 몸속에 있지만 나는 그녀를 밖에서 보듯 느낀다. 나-공서가 나무토막에 오도카니 앉아 있다. 표정이 없다. 나는 한순간 풀과 돌과 톱밥 위로 드리워진 그녀의 그림자를 본다. 해 질 녘 하늘에 분홍색 띠가 넘실댄다. 별을 품은 묽은 어둠이 총총히 내려온다.

'여기가 어디지?'

나 댐퍼 마이너 14가 왜 그렇게 생각했는지 모른다. 순간 나는 내가 앉아 있는 나무도막의 일부가 된 듯하다. 바람에 흔들리는 거미줄의 일부가 된 듯하다. 바닥에 깊게 박힌 검은색 돌의 일부인 듯하다. 시들어 살짝 열어진 주황색 꽃송이의 일부이고 해가 지고 능선 위로 조금 남아 있는 빛의 일부인 듯하다. 나는 놀란 눈으로 나-공서를 본다. 나는 금지된 일을 저지르는 것만 같다. 그녀는 석상처럼 가만히 있다.

그녀의 하나로 묶은 머리카락이 흐트러져 어깨 위로 부드럽게 흘러내린다. 살짝 구부러진 등, 힘없이 축 처진 손이 아무렇게나 거기 있다. 옷이 함부로 구겨지고 더러워졌다. 나무껍질에 목이 긁혀 붉게 달아올랐다. 팔목엔 핏방울이 맺혔다 말라붙은 짙은 자주색 상처가 있다. 보이지 않는 허벅지와 종아리, 발등에서 검고 화사하게 멍든 자국이 퍼져 간다.

짧게 깎은 손톱과 작은 손, 정맥이 불거진 손등, 손목 위의 갈색 점과 그을린 피부, 창백한 안색, 지친 얼굴. 그녀의 입술이 가늘다. 가는 입술을 꼭 다물고 있다. 세상의 모든 고요함이 그 입술 사이로 잠겨 든다. 그녀는 아무 일도 겪지 않았는지 모른다. 지금 막 저런 모습으로 세상에 태어났는지 모른다. 눈물이 쏟아질 것 같다. 그녀의 생김새 하나하나와 그것을 넘어선 모든 것이 경이롭다. 나는 그녀와 포개지는 듯하다. 애초에 내가 그녀의 외형을 하고 있다 해도, 우리에게 단 하나의 외형밖에 없다고 해도 내 기분은 달라지지 않는다. 그녀를 향한 욕망이 꿈틀댄다. 그녀를 사랑한다. 결함이 발생했다.

늦손이 나-공서를 찾으러 왔다. 그는 앉아 있는 나-공서를 발견한다. 차가운 눈길로 나-공서를 훑는다.

"여태껏 이것밖에 못 했어?"

나-공서가 맥없이 일어난다.

"늦손, 나무가 너무 많아요. 혼자서는 할 수 없어요."

나-공서가 말한다.

"은혜도 모르는 것."

늦손이 입술도 움직이지 않고 말한다. 나-공서의 몸이 부들부들 떨린다. 그는 나-공서가 힘들다고 할 때면 그 말 한마디만 뱉었다. 나-공서는 더 이상 무슨 말을 해 봐도 소용없다는 걸 안다. 늦손은 결코 인부를 사지 않을 것이다. 그는 마치 나-공서가 태어나기 이전부터 나-공서의 몫으로 정해진 일이었다는 듯이 태연할 것이다. 나-공서가 쓰러져도 달라지는 건 없다.

첫 1년 동안 나-공서는 혹독한 일에 치여 몇 번이고 의식을 잃었다. 그러나 비가 오는 찬 마당에서 홀로 깨어난 나-공서는, 화장실 문 앞에서 늦손이 나-공서의 몸을 피해 지나가던 와중에 깨어난 나-공서는, 난장판이 된 부엌 바닥에서 관자놀이에 피가 말라붙은 채 깨어난 나-공서는, 아플 수도 쓰러질 수도 없는 사람이었다. 갓금은 나-공서를 이해해 주지 않을까? 하지만 갓금은 타락해 버린 신처럼 먹는 것 외에는 무관심하다. 반짝 어린아이 같은 호기심을 보였다 모든 걸 금방 잊고 만다. 나-공서에게 "힘들면 쉬어. 편하게 살아. 네 집이라고 생각해."라고 말한다. 하지만 실제로는 무엇이든 무자비하게 요구해 늦손이 나-공서를 닦달하게 만든다. 나-공서는 그저 고개를 숙이고 고통과 서러움을 참는다. 여기서 쫓겨날 순 없다. 이곳은 세상 어디에도 없는 낙원이다. 그렇다고 이것이 옳은 일일까? 낙원에 단지 발을 붙여 놓기 위해 지불해야 하는 대가가 이것이란 말인가. 세상이 망했고 나-공서가 모든 것을 잃었다고 이런 생활을 감사히 여겨야만 하는가?

나 댐퍼 마이너 14는 아픔을 느낀다. 나 댐퍼 마이너 14는 모든 의식을 동원해 몸을 움직인다. 가까스로 나-공서를 어루만진다. 나 댐퍼 마이너 14의 왼손으로 그녀의 뺨과 어깨를 가볍게 쓸어내린다. 그러나 곧 인대가 파열되는 듯한 아픔을 느끼며 몸이 굳어진다. 나 댐퍼 마이너 14는 더 이상 의지대로 움직이지 못한다. 나-공서는 순간적으로 당황한다. 뭔가 이상했다. 누군가 자신을 어루만졌다. 놀랐지만 나쁜 느낌은 아니었다. 그러나 그 이상은 느끼지 못한다. 오공서는 두 시간 전에 홀로그램 모니터를 껐다. 그녀는 곧 집으로 돌아올 것이다. 휴가는 단 하루뿐이다. 저녁 여섯 시가 되기 전에 돌아와야 한다.

늦손이 계속 차갑게 나-공서를 바라보고 있다. 나-공서가 다시 일을 시작하는 모습을 확인하려는 것이다. 나 댐퍼 마이너 14는 늦손을 내버려 두고 그들의 저택 밖으로 걸어 나간다.

"공서, 어디 가?"

늦손이 부른다.

"공서, 당장 돌아와."

늦손이 씩씩댄다.

나 댐퍼 마이너 14는 대꾸하지 않는다. 반항하는 게 아니다. 시간이 되었을 뿐이다. 시간이 되었을 뿐이란 걸 늦손은 모르고 있다. 나 댐퍼 마이너 14는 오공서와 마주치지 않게 그녀가 돌아오기 전에 사라져야 한다.

나 댐퍼 마이너 14는 나-공서의 모습인 채로 더러워진 옷을 입고 계속해서 걷는다. 나 댐퍼 마이너 14는 격정에 휩싸인다. 입술이 바르르 떨리고 눈자위가 빨개진다. 눈에 고인 눈물이 따갑다. 나는 그녀가 어째서 이런 삶을 살아야만 하는지 알 수 없다. 그녀를 도울 방법이 없다는 게 비참하다. 내 처지는 그녀보다 못하다. 내 생애란 건 지극히 짧다. 나는 열두 시간 동안 부화하고 열두 시간 동안 더블봇으로 생존하다 열두 시간 동안 소멸할 것이다.

심장이 타들어 간다. 내가 사랑하는 건 누굴까? 그건 진짜 오공서가 아니다. 나는 그녀를 만난 적도 없다. 나는 내가 흉내 낸 나-공서를 사랑한다. 그러나 나-공서는 나이면서도 내가 아니고 오공서이면서도 오공서가 아니다. 무엇도 아닌 존재다. 나 댐퍼마이너 14는 무엇도 아닌 존재를 사랑한다.

나는 외진 숲길을 떠돈다. 나-공서에 대한 그리움이 뜨겁게 터진다. 세상 어디로도 갈 수 없는 마음이 벅차다. 이 마음을 품은 채 나는 서서히 눈이 녹듯이 소멸해 간다. 내가 더 비싼 가격의 더블봇이었다면 소멸하는 게 좀 나았을까. 서서히 짙어지는 물빛 어둠 속에 가만히 있다.

정 은 숙 … 경우의 사랑

철커덩 쿵, 5층에서 내려가던 엘리베이터가 갑자기 멈췄다. 뭐, 뭐야? 경우가 채 말하기도 전에 깜빡거리던 불마저 꺼졌다. 희미한 비상등 불빛 속에 꼼짝없이 갇혀 버렸다.

"누구 없어요? 여기 사람 있어요."

경우가 엘리베이터 문을 탕탕 두드렸다.

"그만해. 이 건물에 사람 없어."

누나가 기운 없이 바닥에 주저앉았다. 경우는 핸드폰을 꺼내 구조를 요청하려 했지만 신호가 잡히지 않았다. 이거 왜 이러지? 다급하게 키패드를 누르려는데 이번에도 누나가 말렸다. 여기선 신호 안 터져. 체념한 건지 태평한 건지 알 수 없는 누나가 어이없었다.

"그럼 이대로 죽는 거야?"

경우도 농담처럼 물으려 했는데 어쩔 수 없이 목소리가 떨렸다.

"죽긴 왜 죽어! 내 돈 찾기 전까진 절대로 안 죽어. 아니, 못 죽어!"

누나가 발악하듯 외쳤다.

지문 속에 답이 있고 문제 속에 힌트가 있다는 국어 선생님 말처럼 세상 모든 일에는 징후가 있다. 2004년 순식간에 해변 도시를 쑥대밭으로 만들고 수십만 명의 목숨을 앗아 갔던 인도네시아 쓰나미 사건 때도 징후가 있었다. 해변에서 찰랑대던 파도가 먼바다로 쓱 빠지는 순간, 바닷가를 산책하던 한 소녀는 학교에서 배운 과학 지식이 떠올랐고 부리나케 높은 산으로 도망갔다고 한다. 만약 그 순간 그 자리에 경우가 있었다면 달아나는 소녀를 보면서도 그저 해맑게 조개나 줍고 있었을 거다. 한 치의 의심도 없이, 잘 놀다 왜 저런대, 얼빠진 소리나 하면서……. 믿기지 않지만 어쩌면 윤겸 형은 징후를 읽었던 건지도 모르겠다.

윤겸 형을 만난 건 보름 전이었다. 다짜고짜 파스타 가게로 나오라 하더니 뜻밖의 소식을 전했다.

"연재랑 헤어졌어. 그동안 만난 시간이 얼만데 어쩜 그렇게 냉정할 수 있다니."

짧은 문장 속에서 경우는 꽤 많은 정보를 건져 냈다. 윤겸 형이 누나에게 차였고 그건 본인의 의지와 상관없이 이뤄진 일이며, 그래서 아직 이별을 받아들이지 못하고 있다는 걸. 이제 막 나온 크림파스타를 앞에 두고서 들을 말은 아니었다. 못 들은 척 먹을 수도, 그렇다고 면이 붇는 걸 두고 볼 수도 없어서 난감해할 때 윤겸 형이 봉골레파스타를 포크로 돌돌 말았다. 실연과 식욕은 별개의 문제란 뜻? 경우의 시선이 신경 쓰였는지 면발을 호로

록 삼킨 윤겸 형이 말했다.

"오늘까지 블로그에 리뷰 올려야 하는데 안 해 놨더라고. 아 참, 사진 찍는 걸 깜빡했다."

지출 없이 데이트할 수 있다며 누나가 종종 하던 맛집 리뷰 알바를 대신 해 주러 온 거였다. 윤겸 형은 민망해하면서도 헤집어 놓은 파스타를 정리하고 사진을 찍었다. 경우야, 포크에다 면 감아 봐. 크림 잔뜩 묻혀서 다시. 피클도 집어 봐. 시키니까 한다지만 이게 무슨 황당한 짓인가 싶었다.

"헤어졌다며!"

오지랖도 정도가 있는 거다. 경우가 버럭 했더니 윤겸 형이 멋쩍은 얼굴로 콜라를 들이켰다. 그래도 약속인데 지켜야지. 겨우 꺼낸 변명이 소박하다 못해 구질구질했다. 어이없어하는 경우를 보면서도 팔을 쭉 뻗어 크림파스타까지 찍는 걸 보니 기어이 블로그에 글을 올리려는 모양이었다. 누나의 아이디와 비밀번호까지 안다 하니 못 할 것도 없었다.

"아, 뭐냐고? 진짜 헤어진 거 맞아?"

풀 죽은 표정을 보니 거짓말은 아닌 모양이었다. 둘이 영 다른데도 잘 만나는 걸 보면 신기하단 말이야. 엄마의 말처럼 누나와 윤겸 형은 잘 어울렸다.

"뭐가 잘 어울려? 키, 얼굴, 성격, 뭐로 봐도 내가 훨씬 낫거든."

키나 얼굴은 두 사람 모두 평균치 수준이라면 성격에서는 단연 윤겸 형에게 가산점을 줄 만했다. 툭하면 신경질에 잔소리는 따발총 수준, 거기에 수시로 발길질을 해 대는 누나의 성격은 최하점도 아까울 정도였다. 그에 반해 윤겸 형은 착하고 다정했다. 성격이 다르다 보니 내가 맞네 네가 틀리네 아웅다웅하기 일쑤였지만 마늘 맛 치킨 취향 하나로 의기투합하는 커플이었다. 3년 넘게 잘 만나더니 도대체 무슨 이유로 헤어진 걸까? 경우가 빤히 쳐다보자 윤겸 형이 정신줄 놓은 것 같은 얼굴로 말했다.

"우리 사이는 답이 없대. 미래가 노답이라서 도저히 만날 수가 없대."

이별에도 매너가 있는 법이다. 차라리 사랑이 식었다고 하지, 노답이라니! 윤겸 형 집안이 넉넉하지 않다는 건 누나에게 들어서 경우도 알고 있었다. 학교 로고가 그려진 점퍼를 당당하게 입을 대학도 아니었고, 취업이 잘되는 학과와도 거리가 멀었다. 누나 역시 답이 없긴 마찬가지였다. 그렇지만 처음부터 솔직하게 카드를 보여 주면서 만난 사이라 했으니 서로 처지를 모르지 않았다. 그런데 갑자기 노답을 이유로 대는 건 왜일까.

"싸우지도 않았어. 싸우긴커녕 최근엔 잘 만나지도 못했어. 아무래도 연재한테 무슨 일이 생긴 거 같아."

윤겸 형 눈이 퀭했다. 사랑이 뭐라고 멀쩡한 사람이 아주 못쓰게 됐네, 쯧쯧.

"차라리 잘됐다 생각해. 지금에서야 말하지만 우리 누나 진짜 별로야. 이 일이 형한텐 로또라니까."

경우는 콜라 잔을 들어 윤겸 형 잔에 부딪쳤다. 사나이들의 진한 건배에 어울리는 효과음을 기대한 건 아니었지만 플라스틱 컵이 내는 틱, 소리가 저렴하게 울려 퍼졌다. 이래서 실연에는 콜라가 아니라 소주구나……. 파스타는 더더욱 아니고.

누나는 한다면 하는 사람이었다. 그러니까 이 연애는 끝이었다. 윤겸 형이 안쓰럽긴 했지만 누나와 끝났다면 경우에게도 스쳐 갈 인연이었다. 알바 월급 받았다며 가끔 용돈도 주고, 생일이면 문화상품권도 슬쩍 건네곤 했었는데 이 인연도 오늘로 끝이구나. 언제쯤 자리에서 일어날까 눈치를 보는데 윤겸 형이 또 얘길 시작했다.

"지질해 보이겠지만 난 이대로 못 끝내겠어. 정말 이해가 안 돼서 그래. 분명히 연재한테 뭔가 있다니까."

이해가 안 되고 내용이 찝찝해도 디 엔드, 자막이 나오면 그 영화는 끝이었다. 경우는 윤겸 형 얼굴을 보는데 갑자기 지난 모의고사 국어 시 지문이 떠올랐다. 가야 할 때가 언제인지를 아는 사람의 뒷모습이 아름답다는…….

하지만 그날 가야 할 때를 몰랐던 건 윤겸 형이 아니라 경우였다. 망친 시험지를 구겨 버리듯 그 자리를 박차고 나왔어야 했다. 그랬으면 윤겸 형의 부탁을 듣지 않았을 테니까. 지영이를 좀 만나 줄래? 넌 준호랑 친하잖아. 지영이를 만나서 연재에게 무슨 일이 생겼는지 알아봐 줘. 응? 그 간절한 응, 소리에 경우도 고개를 끄덕일 수밖에 없었다.

지영 누나는 어린이 발레 교실을 다니던 열두 살 때부터 지금까지 누나의 친구였다. 어린애를 혼자 둘 수 없던 엄마는 누나가 다니는 발레 교실에 경우를 데리고 다녔고, 누나가 스튜디오에서 짧고 통통한 나리를 찢는 동안 경우는 다른 누나를 따라온 또래 아이를 만나서 게임을 하거나 시시덕거렸다. 우리 누나 되게 무서워. 진짜? 우리 누나랑 똑같다. 누나들 흉을 보며 친해진 두 아이는 성질 더러운 누나를 둔 불행한 운명을 탓하며 소년이 됐고 콧수염이 거뭇해질 무렵엔 인생의 절친이 되었다. 그렇게 누나 덕에 만난 친구가 바로 준호였다.

헤이 브라더, 형님 보러 왔냐? 객쩍은 소리를 해 대는 준호를 간신히 따돌리고 지영 누나의 방문을 열었다. 누나의 근황에 대해 물어보자 지영 누나는 일단 모른다며 잡아뗐다.

"연재 일을 왜 나한테 물어? 한집에 사는 너도 모르는 걸 내가 어떻게 아냐."

국정감사도 아니건만 성의 없이 대꾸하는 지영 누나가 얄미웠다. 그래도 혹시나 하는 마음으로 미끼를 던졌다.

"정말 이러기야? 윤겸 형은 일방적으로 이별 통보 받았다지, 누나는 누나대로 말도 않고 끙끙대지. 나도 나름 걱정된다고. 근데 무슨 일인지 알아야 도와주든 말든 할 거 아냐."

누나 일에 간섭할 생각은 눈곱만큼도 없었는데 경우의 연기에 깜빡 속은 지영 누나가 입을 열었다. 미우니 고우니 해도 동생밖에 없네, 하면서. 그리고 지영 누나의 입에서 나온 말은 경우가 상상도 못 했던 얘기들이었다.

밤낮으로 알바를 하기에 두 학기 휴학한 건 알고 있었는데 사실 누나는 벌써 세 학기째 휴학 중이었단다. 입학금만 집에서 받고 나머진 전부 대출받았다며? 그걸 혼자서 갚아 나가려니 힘들었지. 알바 쉬는 날이 하루도 없었을걸. 그 생활이 지긋지긋했나 봐. 선배들도 취업 못 해 빌빌대는 걸 보니 졸업에도 미련 없다고 얼마 전부터 해외 취업이랑 이민 알아보고 있었어. 연재가 이민 스터디 하는 줄 몰랐지?

도배사 일을 하던 아빠가 허리를 다쳐 가게를 접으면서 집안 경제가 급격히 어려워졌다. 아빠는 얼른 누나가 취직을 해서 집안에 도움이 되었으면 하는 눈치였고 누나도 그 속내를 알고 있었다. 금수저는 바라지도 않아, 그냥 숟가락이라도 하나 있으면 좋겠다. 늦은 시간에 들어와 피곤에 전 얼굴로 경우에게 투정 부리듯 말하기도 했다.

"이민 스터디도 한 개가 아니라 나라별로 여러 개 들었대. 일본, 캐나다에 남미까지……. 정말 기를 쓰고 매달리더라. 그렇게 멀리 가서 살 수 있겠냐고 내가 말렸다니까."

누나가 노력파인 건 알았지만 이 나라를 떠나기 위해서 그렇게 애쓰고 있는 건 정말 몰랐다. 이렇게 공부해 봤자 취업도 못한다는데 이게 나라냐, 헬조선 탈출하자, 경우네 반 아이들은 떠들어 댔다. 어떻게 헬조선을 탈출할지도 모르고, 어디 오란 곳도 없지만 그 말을 할 때 아이들의 표정은 자못 비장했다. 마냥 장난만은 아니었으니까. 그러니 헬조선 탈출에 가까워지고 있다면 축하할 일일 테지만 그 당사자가 누나라 하니 기분이 묘했다. 아무리 그래도 가족인데 말 한마디 없이 떠나려고 했나……. 누나의 상황을 누구보다 잘 알면서도 서운한 감정이 드는 건 어쩔 수 없었다.

"이게 한 달 전의 상황이고 최근엔 내 전화도 안 받아. 갑자기 돈을 빌려 달라 했는데 거절했거든. 아무래도 느낌이 안 좋아. 윤겸이랑도 헤어졌다 하니 더 걱정되네."

누나는 돈 문제에선 누구보다 엄격했고 남에게 신세 지는 건 질색하는 사람이었다. 그런데도 돈을 빌리려 했다고? 이별보다 큰 문제가 있는 건가 싶어 경우는 심각해졌다.

"갑자기 우리 누나는 왜? 무슨 일 있어?"

방 앞에서 기다린 준호가 뒤를 따라붙으며 물었다. 해맑은 얼굴이었다. 그 얼굴을 보자 경우는 컥 말이 막혔다. 탈조선하려는 누나 걱정이나 하고 있을 때가 아니었다. 아무것도 모르는 녀석과 평소처럼 이야기할 자신이 없었다.

"아 참, 급식조사위원회 해체했다며?"

경우가 급하게 화제를 돌렸는데 이번엔 준호가 그렇게 됐다, 라며 말을 흐렸다. 준호도 뭔가 할 말이 있는 눈치였다. 쟤는 또 뭔 일이람. 궁금했지만 준호의 비밀이 뭐건 간에 궁금함보단 찔리는 마음이 더 컸기에 그냥 집을 나섰다.

누나 말에 따르면 건물주가 종종 들러 우편물을 걷어 간다 했는데 아직까지는 아무 소리도 들리지 않았다. 시간을 보니 벌써 30분이 지나 있었다. 엘리베이터 벽에 기대앉은 누나가 한숨을 폭 쉬더니 갑자기 경우를 째려봤다.

"언제부터 내 뒤 밟았어?"

누구 때문에 이 지경이 됐는데 적반하장이 따로 없었지만…… 경우는 주눅이 들었다. 집에서 버스로 여덟 정거장이나 떨어져 있었고 경우의 생활 반경 어디에도 속하지 않는 곳이었다. 가뜩이나 어두컴컴한 엘리베이터가 취조실처럼 답답하게 느껴졌다. 혼자서 생각했을 리는 없고 누가 시켰지? 누구야? 누나가 다그치자 뭐라 변명할까 궁리하던 머리가 작동을 멈췄다. 핏줄이 무섭다고, 누나는 경우의 성격을 지나치게 잘 알았다. 경우는 세심하지만 치밀하지 못했고, 긍정적이지만 추진력이 약했다.

윤겸이가 시켰지? 기습적인 질문에 그만 고개를 끄덕였다. 파블로프의 개도 아니고 왜 누나 말엔 이렇게 곧바로 반응하게 되는 건지. 후폭풍이 엄청날 거라 예상했는데 씩씩대던 누나가 금세 잠잠해졌다.

"이제 와서 그게 뭐가 중요하겠니. 나 사기당했어. 아까 있던 '유로익스프레스'가 해외 취업 대행하는 회사야. 유럽에 인턴으로 갈 수 있다 해서 알선 수수료에 항공료까지 줬는데 다 날렸어."

쓰레기밖에 없는 빈 사무실을 미친 듯이 뒤지기에 뭔가 사건이 터졌다는 건 짐작했었다. 왜 저런대? 집이 어려워지면서 경우도 실속을 따지는 데 익숙했기에, 이제 경우에게 떠오르는 의문 '왜'는 사건의 내막이 아니라 금액에 대한 것이었다. 얼만데 그 난리를 친 거야? 뭐 묻기만 하면 몰라도 돼, 항상 퉁명스럽게 대답하기에 기대도 없이 물었는데 의외로 누나가 선선히 대답했다. 팔백.

팔백? 팔백만 원? 엘리베이터가 추락하는 것 같은 충격이었다. 어쩌다 치킨이라도 한 마리 쏘라 하면 시급 칠천 원 알바로 몇 시간 일해야 치킨값을 버는지 아냐며 그 자리에서 계산기를 두드리는 사람이 누나였다. 그런데 겁도 없이 그 많은 돈을.

"미쳤어? 똑똑한 척, 잘난 척 다 하더니 어디서 사기꾼한테 홀랑 당하기나 하고."

불난 집에 부채질하는 격이라는 걸 알면서도 할 말은 하고 싶었다. 다섯 살 많은 게 무슨 대수냐! 화가 난 경우가 주먹으로 엘리베이터 벽을 쳤다. 진짜 미쳤었나 봐. 혼잣말을 한 누나가 자기 머리를 엉클어뜨렸다. 그걸로 되겠냐? 머리를 확 쥐어박고 싶었는데…… 핏줄은 진짜 무섭다.

"한 대 때리고 싶지? 네 앞에서 있는 대로 잘난 척해 놔서 나도 쪽팔려 죽겠다."

경우의 마음을 귀신같이 알아맞혔다. 하여튼 여우라니까. 웃기지 마셔, 그런다고 내가 약해질 것 같아?

"……어쩌다 그렇게 된 건데?"

약해졌다. 이미 반은 누그러졌다.

이민 스터디에서 마음이 잘 맞는 언니를 만났고 그 언니의 추천으로 유로익스프레스를 알게 됐단다. 사이트 들어가 보니 욕심나는 직장도 여러 군데 소개돼 있고 취업 성공 사례도 꽤 많아서 믿음이 갔다고 한다. 거기다 학교 레벨이나 성적은 안 따진다지, 열정만 있으면 도전해 보라는데 너 같으면 안 하겠냐며 누나가 되물었다. 사무실도 몇 번이나 방문했고 서류 보내면 배달 완료 문자 오는 걸 보고서 입금했다는데 경우도 할 말이 없었다.

"결국 둘 다 당한 거야?"

"아니. 그 언니가 공범이었어."

그 생각은 미처 못 했다. 누나에게만 뭐라 했는데 경우도 고스란히 당할 바보였다.

"건물주가 리모델링하려고 세입자들 내보내던 차에 몇 달 들어와 있었던 거래. 야반도주하듯 떠났다더니 정말 사무실이 엉망이더라고. 혹시 뭐라도 건질 게 있나 해서 몇 번 왔던 거야. 결국 빈손이지만."

경찰에 신고는 했지만 사건 해결에 진전이 없어 직접 나섰던 거란다.

"다른 친구는 돈보다 믿었던 사람한테 속은 게 화가 난다고 하는데 난 아니야. 그냥 돈 갚을 생각에 미치겠어. 그 돈이 어떤 돈인데……."

누나 눈에서 눈물이 주룩 흘렀다. 소금보다 더 짜고 독사보다 더 독한 누나가 무너지는 모습을 보니 경우도 당황스러웠다. 울지 마, 그깟 돈 갚으면 그만이지, 허세를 부릴 수도 없었고, 사람이 살다 보면 실수할 수도 있지, 다정하게 위로할 줄도 몰랐다. 가방에서 휴지를 꺼내려는데 손에 뭔가 잡혔다. 초콜릿이었다.

"그만 울고 이거라도 먹어."

소매로 씩씩하게 눈가를 닦은 누나가 초콜릿을 뜯다 말고 의미심장하게 물었다.

"누구야?"

아무리 위기 상황이지만 눈치 백 단 누나를 너무 무시했다. 단 걸 안 먹는 경우가 초콜릿을 갖고 있는 이상 징후를 누나는 그냥 지나치지 않았다. 아무도 없거든, 괜한 사람을 잡아. 슬쩍 넘어가려 했는데, 누나의 눈을 속일 수는 없었다.

"아니, 분명히 있어."

누나 말대로 있었다. 그것도 분명히! 오 마이 갓, 그 애는 바로 조예리였다.

먼저 마음을 준 건 준호였다.

"쟤 예쁘지 않냐?"

그 시간 앞을 지나간 건 예리밖에 없었다. '쟤'라면 예리? 경우가 손가락으로 예리를 가리키자 준호가 헤벌쭉 웃으며 고개를 끄덕였다. 이 자식이 돌았나? 아이들이 열광하는 걸그룹 멤버들을 보면서도 이래서 별로, 저래서 싫다 시큰둥하던 녀석이었다. 게다가 지영 누나에게 어지간히 물렸는지 누나와 정반대인 여리여리하고 가냘픈 여자가 이상형이라 했었다. 도대체 어떤 여자를 만나나 두고 보자, 내심 궁금했었다. 예리는 작은 키에 떡 벌어진 어깨, 통통한 몸매까지, 준호의 이상형과는 거리가 멀었다. 그런데 예뻐 보인다는 건…….

"너 설마……?"

경우가 완성된 질문을 던지기도 전에 준호가 어깨를 으쓱했다.

"와이 낫!"

영어도 못하는 놈이 꼴값은. 그런데 와이 낫? 경우가 휘둥그레 눈을 뜨자 준호가 멋쩍게 고개를 끄덕였다.

예리는 그즈음 학교에서 가장 핫한 인물이었다. 여름방학 직후 1학년 몇 명이 식중독을 일으켰고 그 사건을 계기로 예리와 아이들 몇이 급식진상조사위원회를 만들어 급식업체 교체와 급식 질 개선을 요구하는 서명을 받고 있었다. 예리는 그 일을 주도한 아이였다. '급식 열사'가 멋있어 보이는 건 인정! 그래도 추앙과 사랑이 일치하지는 않을 테니 한 번쯤 짚어 주고 싶었다.

"나대는 애 싫다며?"

"근데 쟤는 달라."

쟤는 달라……. 똑같은 것이 하루아침에 달라 보이는 것, 그건 사랑이었다. 준호가 그날로 급식진상조사위원회에 들어간 건 순전히 예리에게 잘 보이기 위해서였다.

예리가 다가온 건 우연이었다.

하굣길 학교 후문 분식집에 예리가 있었다. 몇 개 없는 테이블은 이미 만석이었고 경우가 들어간다면 어쩔 수 없이 예리와 합석이었다. 들어가려다 멈칫한 경우 눈에 테이블을 가득 채운 떡볶이 튀김 김밥이 보였다. 혼자서 저걸 다, 놀라고 있는데 예리가 들어오란 손짓을 했다.

"내가 불편해? 왜 그냥 가려고 해?"

같은 반이지만 매사에 깐깐한 아이라 편하진 않았다. 뭐라 대답할지 몰라 망설이는데 예리가 피식 웃었다.

"됐다. 답 알 거 같으니까 고민하지 말고 이거나 먹어."

그래 놓고 예리는 정말 말 한마디 없이 먹기만 했다. 성스런 의식을 치르는 것처럼 떡볶이 하나를 집어 지겹도록 꼭꼭 씹어 삼켰다. 예리가 그러고 있으니 경우도 허겁지겁 먹을 수가 없었고 빨리 먹고 자리를 떠야지 했던 처음 계획도 물 건너가 버렸다. 간혹 눈이 마주쳐도 예리는 입을 열지 않았다. 그래도 그렇지 마주 보고 앉아서 어쩌면 입도 벙긋 안 할 수가 있나 슬그머니 서운해졌다.

"말 한마디 안 할 거면서 날 왜 불렀냐?"

결국 경우가 먼저 입을 열었다.

"편히 먹으라고 그런 거였는데, 미안."

너 같으면 이런 분위기에서 편히 먹겠니, 따지고 싶었지만 참았다.

"나 때문에 불편하다는 애들이 있어서. 그런다고 급식이 달라지냐, 나대는 게 꼴 보기 싫다, 그냥 관종이다……. 아무튼 말하기가 조심스럽네."

'급식 열사'니 '조다르크'니 하는 별명에 어울리지 않게 약한 모습이었다. 공짜로 얻어먹으면서 가만있기가 뭐해 경우가 한마디 던졌다.

"그런 애들은 항상 있어. 신경 쓰지 마. 아마 나한테는 존재감 없다 뭐라 할걸."

예리가 집던 김밥을 내려놓으며 킥킥 웃었다.

"존재감 없는 게 아니라 편안한 거야. 누구와도 잘 어울린다고 할까, 어디건 스며든다고 할까, 하여튼 넌 그래."

뜬금없는 칭찬에 어쩔 줄 몰라 하는데 갑자기 예리가 이야기의 방향을 틀었다.

"고민거리가 하나 생겼는데…… 너한텐 말해도 될 거 같아."

예리는 주인이 들을세라 목소리를 낮춰 급식 사건의 전말을 털어놓았다. "사실은 말이야……." 이런 비밀스러운 얘기를 들어도 되나 난감했지만…… 성큼 다가온 예리를 밀어낼 순 없었다.

예리는 생각지도 못한 순간에 불쑥 선을 넘어왔다. 며칠 뒤 교실에서 마주친 예리가 경우를 구석으로 끌고 갔다. 왜 이래, 하면서 끌려갔더니 "그 얘기 준호한테도 안 했더라. 완전 믿음직한걸." 예리가 눈을 찡긋했다.

경우가 준호에게도 말을 안 한 건 입이 무거워서가 아니라 예리에게 트집 잡히기 싫어서였다. 그래도 예리가 눈을 찡긋하니 왠지 좋았다. 저건 자연스러운 제스처야, 그 이상의 의미는 없어, 그렇게 생각했지만 늘 보던 예리가 어쩐지 달라 보였고 자꾸 눈길이 갔다.

분식집 비밀 회동 후 가깝다 여겼는지 예리는 장난처럼 경우의 옆구리를 팔꿈치로 툭 치고 지나가기도 했다. 툭, 도 스킨십에 포함되려나. 경우는 예리의 팔꿈치가 닿았던 자리가 한동안 얼얼하게 느껴졌다. 눈은 왜 자꾸 깜빡거린대, 흉봤던 예리의 눈 찡긋도 볼 때마다 좋았다.

어느 날은 옆자리에 앉아서 갑자기 귀에다 속삭이기도 했다.

"어제 위원회 애들한테도 말했는데 전부 다 반대야. 그거 알려지면 우리만 손해라고. 맞는 말이긴 한데 왜 이렇게 찝찝하냐?"

예리는 말하면서 콧잔등에 주름이 생기도록 인상을 썼다. 그 모습이 안쓰러웠지만 내 앞에서만 힘든 내색을 하는구나 싶어 뿌듯한 마음도 들었다. 이렇게 나한테 의지하는 걸 아무도 모르겠지? 히죽 웃다가 깨달았다. 아, 준호!

잠깐 준호를 잊고 있었다. 예리가 지나가는 순간에 문득 사랑을 느꼈다는 녀석의 말을 비웃었는데 경우 역시 느닷없이 그 감정이 찾아왔다. 땅으로 쿵 떨어지는 사과를 보면서 만유인력을 발견한 뉴턴 일화가 완전 구라일 거라 믿었는데 모든 일은 정말로 한순간이었다. 되돌릴 수 없는 한순간.

준호는 형제와 같은 친구였다. 준호를 떠올리자 무심코 넘긴 책장에 손을 베인 것처럼 마음이 따끔했다. 준호를 배신할 수 없다 생각했지만…… 경우 마음도 마음대로 되지 않았다. 큰일은 이미 벌어져 있었다.

"사랑과 우정 사이의 갈등? 그런 일은 주인공한테나 생기는 거야. 너랑 준호 같은 애들이 아니라."

앞니에 초콜릿을 묻힌 누나가 배를 잡고 웃었다. 아무리 누나라도 동생의 진지한 고민을 비웃는 건 불쾌했다.

“그렇게 사랑을 잘 아는 사람이 형이랑은 왜 헤어졌대? 가난해서 찬 거잖아, 이 속물아!”

사랑에도 비용이 든다는 걸 누나와 윤겸 형을 보면서 알았다. 가난한 연인 콘셉트로 소박하게 만나면 안 돼? 왜 번번이 싸워? 얘가 정말 속 터지는 소리 하네. 영화 속 가난한 연인 모습, 그거 다 뻥이야. 우리도 돈 아끼려고 손잡고 한강변도 걸어 봤어. 어떨 거 같아? 알바 끝나고 지쳤는데 마냥 걸어 봐. 몸은 축축 늘어지고 발바닥에선 불나. 영화라도 한 편 보면 그날 저녁은 돈 아끼려고 싼 밥집 찾아다녀. 블로그에 올릴 가성비 좋은 맛집을 찾아다닌다지만 사실 아니잖아. 아닌 거 뻔히 알면서 웃는 얼굴로 속이는 게 싫어. 가난이 설정이 아니라 리얼이라서 싫은 거야.

하지만 그게 다는 아니었다. 부루퉁한 얼굴로 불만을 늘어놓다가도 누나는 윤겸 형 전화가 오면 언제 그랬냐는 듯 활짝 웃었다. 아까 미안. 피곤해서 나도 모르게 짜증 냈어. 너도 오늘 힘들었지? 괜찮다니까. 누나는 경우가 들을까 봐 한 손으로 핸드폰을 가리고 얼른 방으로 도망치곤 했다.

사정을 모르는 것도 아니면서 너무 심하게 말했나 싶었는데 누나가 울컥한 목소리로 말했다.

“말 함부로 하지 마. 가난해서 헤어질 거면 벌써 오래전에 끝냈어.”

3년이나 만나 온 애야. 누구보다 성실하고 착해. 요만큼도 한 눈팔지 않고. 그래서 답답하지만 그게 없으면 윤겸이가 아닐 거야. 경우도 아는 윤겸 형의 모습이었다.

말하기가 벅찬 듯 깊은 숨을 들이쉰 누나는 경우가 몰랐던 얘기도 들려줬다. 남자친구이기 이전에 생계 전선을 같이 헤쳐 온 전우 같은 존재라고. 몸살이 나면 만사를 제쳐 놓고 알바도 대신 뛰어 주었다고. 남들 다 하는 커플링 대신 커플 통장 만들자 했을 때, 궁상스러워 싫다 했지만 결국 매달 조금씩이라도 꾸준히 돈을 넣은 건 자신이 아니라 윤겸이었다고. 심지어는 졸업 후에 같이 여행 가자고 했던 돈을 학비 때문에 깼을 때도 싫은 내색 한 번을 안 했다고. 힘들다고 주저앉을 때마다 끊임없이 응원해 줬던 아이였다고. 윤겸인 그런 애라고.

"그러니까 왜 헤어졌는데?"

누나의 말을 들으니 더더욱, 두 사람이 헤어질 이유가 없었다.

"지쳤으니까……. 남아 있는 학자금 대출에 이번에 빌린 돈까지 하면 얼만 줄 알아? 돈 생각만 하면 머리가 지끈거려. 이제 겨우 스물세 살인데 빚더미에 올라앉았어. 그거 갚으려면 잠도 못 자고 알바해야 돼. 연애를 어떻게 하니?"

결승선도 없는 구간을 쉬지 않고 달리는 느낌으로 살았다고, 혼자 뛰는 것만으로도 힘든데 나 같은 사람이 또 있다 생각하면 숨이 턱 막히는 것 같다고……, 말하는 목소리마저 기운이 없었다.

"윤겸이 앞날 막막해. 그래서 힘들었어. 그런데 이젠 내 미래가 너무 캄캄해서 누굴 만날 수가 없어."

붉어진 누나 눈을 보니 아무것도 모르면서 멋대로 지껄였구나 싶었다. 미안해졌다. 경우는 아까부터 만지작거리던 지갑에서 신사임당 두 장을 꺼내 건넸다.

"형한테 줘. 아무래도 받으면 안 될 거 같아."

누나를 걱정해서 따라온 게 아니었다. 윤겸 형이 돈을 주면서 부탁해서였다. 뒤를 밟으란 구체적인 지시는 없었지만 값은 해야겠기에 따라왔고 누나에게 딱 걸린 거였다.

"어이없어. 이 돈이 받고 싶던?"

한 치의 망설임도 없이 경우가 고개를 끄덕이자 누나가 피식 웃었다.

"돈 좋아하는 건 나랑 똑같네. 누가 남매 아니랄까 봐."

최윤겸 큰돈 썼네, 혼잣말하는 누나의 입가가 살짝 벌어졌다.

예리는 한글 이름이었다. 원래 풀 네임은 예쁘게 피어나리, 인데 줄여서 예리. 좀 유치한가? 운동장을 서성일 때 또 선을 넘어온 예리가 해 준 말이었다. 유치하긴, 근사하지! 하지만 예쁘게 피어나는 것이 어디 쉬운 일이던가. 한 송이 국화꽃을 피우기 위해 봄부터 소쩍새는 울어야 하고, 흔들리지 않고 피는 꽃이 없는 것처럼 예리도 만만치 않은 시련을 겪어야 했다.

예리는 결국 식중독 사건의 전말을 공개했다. 식중독에 걸린 1학년 아이들은 문제의 그날 급식실에서 학생증만 대고 급식을 먹지 않았다고. 대신 후문 분식집에서 점심을 사 먹었다고. 그날의 급식은 식중독의 원인이 아니라고.

진상조사위원회 아이들과 의논하지 않고 혼자 내린 결정인 데다 이번 기회에 급식의 변화를 바라던 아이들의 기대를 저버린 대가로 예리는 엄청나게 많은 욕을 먹었다. 경우가 예리를 위해 해 줄 수 있는 건 가끔 캔 음료를 건네거나 초콜릿을 주는 게 전부였다.

"우리도 끝까지 감추겠다는 입장은 아니었어. 위원회 아이들은 급식업체 교체와 식자재 원가를 공개하는 걸 학교 측과 협상 중이니까 그게 끝나면 밝히자 했는데 예리가 먼저 말한 거야."

준호도 예리가 혼자 일을 결정한 것에 분노했다. 진짜로 화가 났는지 말하는 얼굴도 벌겠다. 그래서 이젠 싫어? 자연스러움을 가장해 어깨를 치며 물었는데 준호는 요령껏 빠져나갔다.

"내 연애는 셀프로 해결할 테니까 신경 끄셔."

준호가 엔드를 선언하기 전까지 경우는 예리에게 고백하면 안 됐다. 그게 페어플레이였다.

누나 배에서 꼬르륵 소리가 들렸다. 점심도 먹지 않았단다. 한

끼 굶는다고 부자 되는 것도 아닌데 궁상하고는. 볼살이 쏙 들어간 누나 얼굴이 그제야 보였다.

"나 보면 네 미래마저 불안해 보이지? 배곯아 가며 살아도 별거 없구나 싶고."

매일 책상에 앉아 있었어도 별 볼 일 없는 대학에 들어가고, 미친 듯이 뛰어다녀도 취업마저 힘들다는 누나를 보면서 그런 생각을 안 한 건 아니었다. 하지만 누나 탓이 아니란 걸 경우는 알고 있었다.

"뭔 미래씩이나. 당장 여기서 나갈 수 있을지 없을지도 불안하구만."

맞네, 하며 누나가 웃었다. 코앞의 일도 모르는데 기약 없는 미래까지 걱정할 순 없었다. 지금이 중요했고 지금의 걱정이 제일 컸다.

올 때마다 건물주를 마주쳤다던 누나의 말과는 다르게 갇힌 지 네 시간이 지나도록 아무도 찾아오지 않았다. 경우의 방광은 한계에 다다라 있었고 태연히 기다리던 누나도 시간이 갈수록 초조해했다. 원래도 그다지 살갑지 않던 남매의 의기투합은 오래 가지 않아 바닥을 드러냈다.

금방 온다며? 말이 그렇다는 거지. 그러기에 누가 뒤밟으랬어? 아무짝에도 쓸모없는 신경전으로 체력을 방전하고 있을 때 멀리서 인기척이 들렸다. 기회를 놓칠 순 없었다. 여기요, 여기 사람

있어요! 경우가 마지막 힘을 짜내며 엘리베이터 문을 두들겼다. 이 문을 열어 주는 자, 평생의 은인으로 모시리라. 하다못해 사기꾼 일당일지라도.

발소리의 주인공은 건물주도, 사기꾼도 아닌 윤겸 형이었다. 경우에게 거금을 주고 부탁을 했으면서 본인도 따로 누나의 일을 조사하다가 결국 유로익스프레스 사무실을 알게 됐고, 경우까지 연락이 안 되자 혹시나 싶어 찾아왔다고 했다.

"왜 둘 다 갇힌 거야? 괜찮아? 얼른 119 부를게."

세금이 헛되이 쓰이진 않는지 119는 금방 도착했고 경우는 극적으로 바지에 싸는 초유의 사태를 피해 화장실로 갈 수 있었다. 그 해방감이란 정말……. 화장실에서 나왔을 때 누나는 윤겸 형 품에 안겨 울고 있었다. 윤겸아 미안해, 하면서. 언제는 노답이라더니, 참!

눈꼴신 애정 행각을 마냥 바라볼 수 없던 경우는 자리를 떴다. 정말 이대로 죽는다면 어쩌지? 차가운 바닥에 누워 방광과 사투를 벌이면서 보고 싶은 얼굴이 떠올랐고 갈팡질팡하던 마음을 정리할 수 있었다.

앞날이 막막한 남자와 미래가 캄캄한 여자는 다시 연애를 시작했다.

"연애하기 더럽게 힘드네. 시간과 돈을 쪼개 가면서 만나려니 아주 지친다 지쳐."

누나는 밥 먹고 똥 싸고 빚 갚는 일상에 연애가 추가돼 잠잘 시간도 없다 투덜거렸지만 얼굴만은 좋아 보였다. 무 자르듯 쉽게 끝낼 수 있으면 그게 진짜 사랑이겠냐며 로미오와 줄리엣, 성춘향과 이몽룡이 그러했듯 모든 사랑은 고통 속에서 피어나는 법이라 말했다. 경우가 반납한 십만 원은 재회 기념 데이트에 알차게 썼다고 했다. 혹시나 윤셤 형이 다시 주지 않을까 기대했는데 지독한 것도 서로 닮아 가나 보다.

방광과의 사투 속에서 깨달음을 얻은 경우는 예리를 만나 고백했다. 그리고 보기 좋게 차였다.

"저스트 프렌드. 그게 내 답이야. 요즘 무지하게 힘들어서 남친 하나 만들어 의지하고 싶은 마음도 들긴 하지만, 아닌 건 아니니까."

경우가 건네는 캔 음료와 초콜릿을 사양 않고 받기에 예리 마음도 같은 줄 알았는데…… 그냥 좋아해서 먹었던 거다.

"학교 측 전화를 받았어. 식중독 걸린 아이들이 분식 먹은 걸 알고 있더라고. 위원회 아이들 징계까지 들먹였어. 그래서 홈페이지에 먼저 사실을 알린 거였어. 잠시나마 불의를 눈감은 대가를 치른 거지."

교무실 돌면서 선생님들 만나고 대표로 오만 소리를 다 듣는 동안 아이들에게도 그렇게 많은 욕이 쌓인 줄은 몰랐단다. 그러느라 시간이 지체됐고 그 뒤에 진상조사위원회 아이들한테도 사정을 설명했단다. 고백은 거절당했지만 예리는 멋진 아이였다.

누나는 사랑이 끝내기 어렵다 했지만 사랑의 시작도 쉽지는 않았다. 생각해 보면 예리가 좋았던 건 언제나 아무개 외 몇 명으로만 존재했던 경우를 눈여겨봐 주어서였다. 남들에게 말 못 할 비밀을 말해 주면서, 힘든 민낯을 보여 주면서 경우를 오롯이 각별한 존재로 대했었다. 쪽팔렸지만 입이 무거운 아이라 허무한 고백이 소문날 일이 없는 게 그나마 다행이었다.

"준호도 거절했어. 친구 사이에 마음 상할 일은 없겠지?"

예리가 또 눈을 찡긋했다. 이 상황에서 왜 눈을? 그냥 버릇이었구나. 그걸 모르고 아휴……. 스스로 제 머리를 쥐어박고 싶었다. 용건을 끝내자 칼같이 돌아서는 예리를 보면서 경우는 현실을 자각했다. 상대방은 전혀 마음이 없는데 혼자서 김칫국을 들이켰다는 걸. 매운 고추를 먹은 것처럼 얼굴이 홧홧해질 때 띠링 문자 알림음이 울렸다. '어때? 한우 낭자, 한우 도령.' 뜬금없는 문자와 함께 도착한 건 한 장의 사진이었다. 정육 식당을 배경으로 전단지를 나눠 주는 암수 한우 인형. 안에 누가 들어가 있을지는 안 봐도 뻔했다. 사진을 보던 경우가 빙그레 웃었다.

'한우 도령에 한 표!' 누나에게 문자를 보냈다. 지쳤다 해도 같이 뛰는 게 덜 힘들겠지. 탈도 같이 써야 덜 쪽팔리겠지. 탈바가지 안에서 구슬땀을 쏟는 알바 커플의 미래가 어둡지만은 않으리라 믿고 싶었다. 경우도 실연의 쪽팔림을 같이 나눌 누군가에게 전화를 걸었다. 화면에 '주노새키'가 환하게 떴다.

김 리 리 … # 우주 소녀

"이건 비밀인데……. 사실 나는 우주에서 왔어."

그 아이가 내 귀에 대고 속삭이듯 말했다.

우리 반에서 가장 키가 작고, 비쩍 마른 그 아이는 공부를 엄청 못하는데도 늘 표정이 밝고, 아무나 보며 생글생글 웃어 댔다.

아까도 그랬다. 집을 나와서 목적 없이 동네를 몇 바퀴째 돌고 있을 때였다. 오래된 빌라 사이에 있는 작은 공터, 무단 투기한 쓰레기 더미 사이에서 길고양이와 놀고 있는 그 아이를 발견했다. 급하게 집을 나와서 옷차림이 추레한 데다, 특유의 그 미소가 부담스러워 고개를 푹 숙이고 못 본 척 빠른 걸음으로 지나쳐 가려는데, "안녕!" 그 아이의 목소리가 들려왔다. 설마 나는 아니겠지, 서둘러 주위를 둘러보았지만 나 외에는 아무도 없었다. 고양이한테 한 말이구나 싶어 다시 걸음을 재촉할 때였다.

"너, 집 나왔구나?"

순간 발바닥부터 찌르르 전기가 오르며 다리가 얼어붙는 것 같았다. 신기가 있다는 그 아이에 대한 소문이 떠올랐다. 타로 점을 잘 보고 사람의 운명도 볼 수 있다는 소문이었는데, 특히 연애 점을 아주 잘 본다는 이야기가 돌면서 점심시간이나 쉬는 시간에 다른 반 아이들까지 찾아올 정도였다. 하지만 그건 어디까지나 소문일 뿐, 아무리 신기가 있다고 해도 내가 집 나온 걸 절대 알 리 없다. 집을 나온 지 겨우 몇 시간밖에 안 되었고, 아직도 집을 나와야 할지 말아야 할지 결정을 내리지 못했다. 어쩌면 내 꼴이 초라해서 눈치챘을지도 모른다. 아니면 아까부터 동네를 어슬렁거리며 방황하고 있는 나를 봤을 수도 있다.

"나한테 한 말이야?"

나는 최대한 태연하게 물었다.

"그럼 여기 너 말고 누가 있는데?"

그 아이가 나를 올려다보며 쌩긋 웃었다. 그 아이의 눈꼬리가 살짝 올라갔다. 마치 내 속을 다 들여다보고 있는 것 같아, 등에서 식은땀이 났다.

집을 나오기 전에 동생 새미랑 한판 붙었다. 무슨 말만 하면 눈을 부릅뜨고 "변태 주제에……." 하며 나를 무시해서 홧김에 머리를 쥐어박은 게 문제였다.

"엄마, 변태가 나 때렸어!"

새미는 울면서 달려갔고, 엄마는 내 이야기를 듣지도 않고 또 새미 편만 들었다.

우리 집에서는 나보다 한 살 아래인 새미가 왕이다. 하지만 새미한테 모든 권력이 넘어가기 전까지만 해도 오랫동안 우리 집 왕은 나였다. 어릴 때 유치원에서 영재성 검사를 하고 영재 평가를 받은 뒤, 엄마 아빠는 나를 왕처럼 떠받들고 전폭적인 지지를 아끼지 않았다. 유명한 학원은 모두 보내 주었고, 진짜 영재들만 간다는 청목중학교에 보내기 위해 6학년 때는 지금 사는 동네로 이사까지 왔다. 그러나 부모님의 기대와는 달리 나는 청목중학교 입학시험에 보기 좋게 떨어졌다. 반면에 영재로 평가받은 적도 없고 학원도 많이 다니지 않았던 새미가 청목중학교에 가볍게 들어가는 이변이 일어났다. 우리 집 형편상 '되는 놈만 민다'는 엄마 아빠의 인생 좌우명에 맞게 그 뒤로 모든 지원은 새미한테 집중되었다. 집안의 대소사는 새미의 스케줄에 맞추어졌고, 오랫동안 나에게 있었던 외식 메뉴 선택권도 새미에게 넘어갔다.

그깟 성적 때문에 나의 권력이 모두 새미한테 넘어간 것도 억울한데, 엄마 아빠는 물론 새미한테까지 무시를 당하게 되는 사건이 일어났다. 어느 날 호기심에 이상한 메일을 확인했다가 야동 창이 멈추지 않고 계속 뜨는 끔찍한 바이러스에 컴퓨터가 감염되었다. 어떻게든 내 힘으로 치료를 하려고 낑낑대고 있을 때, 새미가 노크도 안 하고 내 방에 불쑥 들어와 버렸다.

"으악, 이런 변태!"

새미는 까무러치듯 놀라서 뛰어나갔고, 내가 말릴 사이도 없이 엄마 아빠한테 고스란히 일러바쳤다.

"왜 자꾸 성적이 떨어지나 했더니, 다 이유가 있었네."

"여동생 앞에서 아주 가지가지 한다."

엄마 아빠는 나를 상습범 보듯 했고, 새미는 그 뒤로 쭉 나를 변태 취급하고 있다. 솔직히 나는 정말 억울하다. 아무런 죄책감 없이 야동에 중독된 애들도 많은데, 나는 야동이 청소년의 정신 건강에 매우 나쁘다고 생각하는 쪽이다. 특히 나처럼 감수성이 풍부한 사춘기 소년한테는 더욱 그렇다. 그러나 아주 가끔, 화산처럼 폭발하는 호기심이 나의 의지를 넘어설 때가 있다. 그날이 그랬다. 자제력을 발휘하기도 전에 내 손이 먼저 마우스를 누르고 말았던 거다.

그날 이후 내 목숨과도 같은 휴대폰도 압수당하고, 컴퓨터는 거실로 옮겨졌다. 그뿐만이 아니다. 엄마랑 새미가 친척들한테까지 소문을 다 내서 삼촌, 이모, 이모부한테 놀림거리가 되어 버렸다. 이번 추석 때는 너무 창피해서 아무 데도 가지 못하고, 새미가 친척 집을 돌며 맛난 음식 먹고 용돈 수금하러 다니는 동안 나는 집에서 혼자 컵라면을 끓여 먹으며 비참하게 보내야 했다. 그래서 오늘 새미의 '변태'라는 말에 이성을 잃게 된 거다.

불가촉천민 주제에 고귀하신 여왕님의 머리를 쥐어박았으니 졸지에 나는 대역죄인이 되었고, 이 눈부신 가을날에 자의 반 타의 반으로 쫓겨나듯 집에서 나오고 말았다. 현관문을 나서며 '영원히 집으로 돌아오지 않으리라' 가슴속 깊이 맹세했지만, 시간이 지날수록 꺼져 가는 뱃가죽과 함께 집으로 돌아가고 싶은 마음이 간절해졌다. 엄마 아빠는 아직 내가 가출한지도 모르고 있을 거다. 그러니 공식적으로 가출은 아니다.

"그게 말이야……."

혹시 학교에 소문이라도 낼까 봐 핑곗거리를 찾고 있는데, 그 아이가 내 말을 뚝 끊었다.

"얘 말이야, 눈 한쪽이 애꾸야. 버려진 것도 불쌍한데, 한쪽 눈까지 잃었어. 모두 지구인들이 한 짓이야."

그 아이가 갑자기 이상한 소리를 했다.

"뭔 소리야, 그럼 넌 지구인이 아니란 말이야?"

내 질문에 그 아이는 고개를 끄덕였다. 그리고 가까이 와 보라고 손짓을 하고는 내 귀에 속삭이듯 한 말이 바로 자기가 우주에서 왔다는 거다. 처음에는 너무 어이가 없어서 웃음이 나왔지만, 그 아이의 표정이 꽤나 진지해서 계속 웃을 수가 없었다. 어쩌면 정말 우주에서 온 아이일지도 모른다는 생각마저 들었다.

그 아이의 이름은 조하나이다. 우리 반에서 유일하게 휴대폰이 없는 애다. 조하나는 부모님이 안 계시고 할머니랑 둘이 살고 있다. 부모님은 교통사고로 돌아가셨다는 소문도 있고, 병으로 돌아가셨다는 말도 돌았다. 어찌 되었든 고아가 된 조하나는 할머니한테 맡겨졌다고 한다. 들리는 소문에 의하면 조하나네 할머니가 어마어마한 부자라고 한다.

우리 동네는 조하나가 사는 집을 중심으로 윗동네와 아랫동네로 나뉜다. 윗동네에는 아파트들이 있고, 아랫동네엔 오래된 주택과 빌라들이 모여 있다. 그 중간 경계선에 조하나가 사는 집이 있다. 높다란 담장은 초록 담쟁이덩굴로 뒤덮여 있고, 담장 너머로 잘 다듬어진 정원수가 비죽배죽 고개를 내밀고 있다. 학교에 갈 때마다 그 집을 지나야 하는데, 웅장해 보이는 이층집은 늘 창문마다 회색 커튼이 내려져 있어서 공포 영화에 나오는 고택처럼 음산하면서 기괴한 느낌이 들었다. 그 집을 지날 때면 자주 들려오는 고양이 울음소리도 어쩐지 으스스했다. 아파트가 들어설 때 건설사에서 크게 보상을 해 준다고 해도 조하나네 할머니가 그 집을 끝까지 팔지 않았다고 한다. 어쩌면 그 집을 팔지 않은 이유가 넓은 정원에 우주선이라도 숨기고 있어서일지도 모른다는 생각이 들었다.

"그, 그럼 외계 생명체?"

내 말에 조하나가 크게 웃음을 터뜨렸다.

"내가 우주에서 온 건 분명하지만 외계인은 아니야. 단지 지구인으로 길들여지지 않아서 우주인으로 남아 있을 뿐이지."

도무지 무슨 말을 하는 건지 몰라서 나는 멍하게 조하나 얼굴만 바라보았다. 외계어라도 쓰는 것처럼 좀처럼 이해가 되지 않았다. 내 표정을 읽었는지 조하나가 계속 말을 이었다.

"사실 인간은 모두 우주인인데 단지 그걸 잊고 있을 뿐이야. 어렸을 때는 모든 사람이 우주인의 기억을 가지고 있는데, 지구인으로 길들여지면서 우주인의 기억은 사라져. 우리가 어렸을 때를 기억 못 하는 게 바로 그 증거야. 그런데 아주 드물게 우주인인 채로 남아 있는 사람들이 있어. 지구인으로 길들여지는 데 실패한 사람들이지. 바로 나처럼 말이야."

순간, 과학 시간에 선생님이 했던 말이 떠올랐다. 선생님은 사람 몸을 이루는 원소와 우주의 주요 원소가 일치한다고 했다. 그 말이 너무 신기해서 열심히 들었던 기억이 난다.

나도 모르게 점점 조하나의 말에 빠져들었다.

"그럼, 너는 아기였을 때를 기억해?"

"당연하지. 내가 태어나던 순간도 기억하는걸. 손가락을 빨면서 편하게 단잠을 자고 있는데 무언가 나를 강하게 밀어내는 힘이 느껴졌어. 나는 밖으로 나가기 싫어서 몸부림을 쳤지. 하지만 온몸이 강하게 조여 오면서 끔찍한 고통이 느껴졌어. 내 몸이 산산조각 나는 것처럼 말이야. 갑자기 고통이 멎고, 눈부신 빛이 보였어. 슬픈 느낌이 들면서 울음이 나왔지. 그때 누군가 나를 따뜻하게 안아 주었어. 고개를 들고 보니 어떤 여자가 행복한 눈빛으로 나를 내려다보고 있었어. 옆에서 사랑스럽다는 눈빛으로 나를 바라보는 남자도 있었지. 우리 엄마와 아빠였던 거야. 나는 엄마가 나를 보고 흘렸던 눈물을 기억해. 따뜻한 눈물이 내 얼굴로 떨어졌는데, 지금도 그 순간의 기억을 잊을 수가 없어."

"이상하다. 아기들은 태어났을 때 아무것도 못 본다고 하던데……."

나는 어디선가 들은 이야기를 했다. 내 말이 끝나기도 전에 조하나가 나를 째려보았다.

"누가 그래? 아기들한테 물어봤어? 어른들과 다르게 보는 건 사실이지만 그렇다고 아무것도 안 보이는 건 아니야. 아기들은 눈으로만 보는 게 아니라 온몸으로 느끼는 거지."

"온몸으로 느낀다고?"

"그럼. 참, 너 배고프지?"

조하나가 갑자기 물었다. 나는 대답 대신 고개를 끄덕였다. 조하나가 가방에서 초코파이를 꺼내서 나에게 주었다. 나는 고맙다는 말도 안 하고 얼른 봉지를 뜯어 초코파이를 꺼내 먹었다. 배가 고파서 그런지 초코파이가 더욱 달콤했다. 조하나가 한눈파는 사이 손가락에 묻은 초콜릿까지 쪽쪽 빨아 먹고는 다시 궁금한 걸 물었다.

"좋아. 네가 다 기억한다 치고, 또 다른 우주인의 특징이 있어?"

"다른 사람들이 느끼지 못하는 걸 느낄 수 있어. 예를 들어 운명 같은 거……. 그리고……."

"그리고 또 뭐?"

"영혼을 볼 수 있어."

"그럼 내 영혼도 볼 수 있겠네. 내 영혼은 어떤데?"

나는 마른침을 꼴깍 삼켰다. 혹시 내가 야동을 본 사실을 들킬까 봐 두려웠다. 내 영혼에 음란 마귀가 씌어 있거나, 아니면 쭈글쭈글 초라하고 음침한 영혼이 보이면 어쩌나 걱정되었다.

조하나가 눈을 크게 뜨고 내 눈을 똑바로 바라보았다. 그 아이의 검은 눈동자가 빛났다. 나는 한 번도 그렇게 맑은 눈빛을 본 적이 없다. 마치 마법에 걸린 것처럼 몸이 굳었다.

"너의 영혼은…… 투명하고 맑아. 좋은 사람이란 뜻이지!"

조하나가 생글생글 웃었다. 순간, 가슴속에서 뜨거운 무엇인가가 울컥 올라왔다. 그 말이 거짓말이라 해도 상관없었다. 세상에서 단 한 사람, 나를 좋은 사람으로 봐 주는 한 사람만 있으면 된다. 나는 처음으로 우리 가족이 아닌 다른 사람 앞에서 눈물을 보이고 말았다. 그것도 같은 반 여자아이 앞에서 말이다. 정말 바보 같은 짓을 해 버렸다.

"괜찮아. 우주인은 다른 사람의 비밀을 함부로 발설하지 않아."

조하나가 조용히 내 눈을 응시하며 말했다.

오늘따라 자꾸 교실 뒷문 쪽을 돌아보게 된다. 뒷문 바로 앞이 조하나의 자리다. 비밀로 해 준다고는 했지만 어제 일이 자꾸 신경 쓰였다. 조하나는 보통 수업이 시작되기 전, 선생님이 교실에 들어오기 바로 전에 뒷문을 열고 들어온다. 하얀 이를 드러내며 환히 웃으면서. 그런데 오늘은 수업이 시작되고 한참 지나고 나서도 교실에 나타나지 않았다. 하필이면 첫 시간이 수학이다. 성질 더럽기로 유명한 수학한테 걸리면 끝장인데……. 차라리 조하나가 수학 시간이 끝나고 왔으면 하는 바람이 들었다. 그때 뒷문이 스르륵 열렸다. 조하나는 두 손으로 교복 외투를 꼭 여미고는 조심스럽게 교실로 들어왔다. 교복 안에 무엇인가를 숨기고 있는 듯 외투가 불룩했다. 조하나는 꾸벅 인사를 하고는 급하게 자기 자리로 향했다.

"지각한 주제에 어디를 쥐새끼처럼 그냥 들어가?"

수학이 눈을 부릅뜨고 물었다. 조하나는 안절부절못하며 외투를 더 꼭 여몄다.

"안에 숨긴 건 또 뭐야?"

"선생님, 죄송해요."

조하나의 외투 속에서 미야옹, 고양이 소리가 가늘게 났다. 아이들이 술렁거리기 시작했다.

"분명히 고양이 소리였는데……. 내가 잘못 들은 건 아니지?"

수학이 귀를 후비며 물었다.

"죄송해요……."

"죄송은 그만 찾으시고, 품속에 숨기고 있는 거나 빨리 내놔 봐."

수학 목소리에 짜증이 잔뜩 묻어났다.

조하나가 수학 눈치를 보며 조심스럽게 외투에서 무언가를 꺼냈다. 조하나 품에서 나온 건 까만 새끼 고양이였다.

"어머, 귀여워."

"고양이 진짜 귀엽다."

아이들이 시끄럽게 떠들어 댔다.

"모두 조용히 해. 여기가 동물원이냐? 고양이를 왜 학교에 데리고 와?"

"새끼 고양이가 밤새 많이 아파서 병원에 다녀오느라 늦어서요……."

"변명은 필요 없고, 고양이 빨리 내보내."

수학이 매정하게 말했다.

"고양이가 많이 아파서 제가 옆에서 계속 간호를 해 줘야 해요, 선생님. 정말 죄송해요. 새끼 고양이라 잠만 자서 수업에 방해가 되지는 않을 거예요."

"그럼 고양이 데려가서 간호나 하고 있지, 학교는 왜 왔어?"

미야옹미야옹, 소란스러운 소리에 새끼 고양이가 놀랐는지 갑자기 크게 울어 댔다. 조하나는 고양이 등을 쓰다듬으며 겁먹은 얼굴로 그대로 서 있었다.

"뭐 하는 거야? 빨리 데리고 나가라니깐."

조하나가 고양이를 꼭 끌어안았다. 조하나의 눈에 눈물이 가득했다. 눈물을 보자 내 심장에 찌릿, 통증이 느껴졌다.

"저, 선생님……."

나도 모르게 목소리가 튀어나왔다.

"뭐야?"

수학이 나를 보며 버럭 화를 냈다. 모두 나를 바라봤다. 심장이 쿵쿵쿵 사납게 뛰었다.

"우리만 조용히 하면 고양이가 시끄럽게 우는 것도 아니고, 수업에 방해가 되는 것도 아닌데 그냥 같이 있게 해 주세요."

나는 겨우 용기를 내어 말했다. 수학이 어이없다는 듯 코웃음 쳤다.

"너희 둘이 사귀냐? 평소에 얌전한 녀석이 왜 갑자기 끼어들어?"

수학 말에 아이들이 웃음을 터뜨렸다.

"그게 아니고요……."

너무 당황해서 얼굴이 화끈거렸다.

"선생님, 고양이랑 그냥 수업하게 해 주세요."

"맞아요. 고양이가 너무 불쌍해요."

다행히 여자아이들이 내 말을 거들어 주었다. 수학 눈빛이 흔들렸다.

"선생님, 빨리 진도 나가요."

"18번 문제 빨리 풀어 주세요."

이번에는 남자아이들도 거들었다.

"내가 인간성이 좋아서 참는다. 대신 고양이가 계속 울거나 수업 분위기가 엉망이면 즉시 내쫓을 거다. 알겠지?"

수학이 마지못해 허락해 주었다.

"선생님, 고맙습니다."

조하나가 손등으로 눈물을 훔치고는 몇 번이고 고맙다는 인사를 했다. 다행히 수학 시간은 그 뒤로 조용히 지나갔다.

쉬는 시간 종이 울리자마자 아이들이 조하나 자리로 몰려들었다.

"새끼 고양이 너무 예쁘다."

"잠자는 모습이 진짜 아기 같다."

"하나야, 너 꼭 고양이 엄마 같아."

아이들이 웃으며 호들갑을 떨었다. 나도 가까이에서 고양이를 보고 싶었지만, 꾹 참았다.

그 뒤로 수업이 바뀔 때마다 아침처럼 또 난리가 날까 봐 걱정되었다. 그러나 교실에 들어온 선생님들은 전혀 눈치를 채지 못했고, 새끼 고양이는 얌전히 잠을 잤다. 아이들은 고양이가 편하게 잘 수 있도록 숨도 조심히 쉬었다. 선생님들은 오늘따라 우리 반이 왜 이렇게 조용하냐며 신기해할 뿐이었다.

영어 학원이 끝나자 아홉 시가 다 되어 있었다. 밤바람이 차가웠다. 옷을 너무 얇게 입고 나와서 그런지 온몸이 덜덜 떨렸다. 빠른 걸음으로 집으로 향하는데, 조하나네 집 근처에서 저절로 발이 멈추었다. 조하나네 집 앞에 검은 그림자가 보였다. 대문 앞에 누군가 쪼그리고 앉아 있었다. 가까이 다가가니 조하나가 고양이를 안고 있었다.

"너 거기서 뭐 해?"

"그냥 바람 쐬고 있었어."

조하나가 나를 올려다보며 힘없이 대답했다. 바람이 꽤 찬데, 아픈 고양이를 데리고 대문 밖에 있는 게 이상했다.

"괜찮아?"

나는 조심스럽게 물었다.

"나 부탁이 있는데……. 이 고양이 네가 좀 맡아 주면 안 될까?"

"내, 내가?"

조하나의 갑작스러운 부탁에 나도 모르게 뒷걸음을 쳤다.

"며칠 전에 길에서 발견했는데, 다 죽어 가고 있었어. 내가 키우고 싶지만, 우리 할머니가 천식이 심해서 우리 집에서는 고양이를 키울 수가 없어."

"그럼, 다른 아이를 찾아봐. 고양이 좋아하는 아이들 많잖아."

"강재민, 부탁할게."

조하나가 간절한 눈빛으로 내 이름을 부르고 있었다. 조하나의 눈빛이 '너의 영혼은 투명하고 맑아. 좋은 사람이란 뜻이지!' 하고 말하는 것 같았다.

"아, 알았어."

덜컥 승낙을 해 버렸다.

조하나 두 볼에 생기가 다시 돌았다.

"이건 고양이 분유야. 당분간 분유를 먹이고, 건강해지면 사료를 먹이면 돼."

조하나는 가방에서 작은 깡통에 든 고양이 분유와 젖병을 꺼냈다. 그러고는 분유 먹이는 방법을 자세히 알려 주었다. 설명을 다 마치고 조하나가 조심스럽게 고양이를 내 품에 안겨 주었다. 고양이가 생각보다 너무 가벼웠다. 조금만 세게 끌어안으면 부서져 버릴 것 같아 겁이 났다.

"그러다가 떨어지면 어떻게 해. 잘 안아야지."

조하나가 고양이를 감싸고 있는 회색 담요를 덮어 주고는 내 팔을 고정해 주었다. 새끼 고양이가 잠에서 깨어나 나를 올려다보며, 미야옹미야옹 울었다.

"얘도 네가 마음에 드나 보다. 너랑 만날 운명이었던 것 같아."

조하나는 고양이와 헤어지는 게 아쉬운 듯 다정하게 고양이 등을 쓰다듬었다. 조하나가 고양이를 바라보는 눈빛이 사랑스럽게 느껴졌다. 갑자기 내 심장이 쿵쿵 뛰었다.

"강재민, 정말 고마워!"

조하나가 까만 눈동자로 나를 바라봤다.

"고, 고맙긴……."

나는 제대로 대답도 못 하고 고양이를 더 꼭 끌어안았다.

"변태가 드디어 미쳤구나!"

고양이를 데리고 집에 들어서자마자 새미가 비아냥거렸다.

"넌 도대체 생각이 있는 거니? 너희 둘 뒤치다꺼리하기도 바쁜데, 고양이까지 어떻게 키우라고……. 고양이 털이 얼마나 많이 빠지는지 알아? 청소는 누가 할 거야? 더욱이 병든 고양이라면 이상한 병균이 있을지도 모르는데, 무작정 데려오면 어떻게 해?"

엄마는 나를 째려보며 길게 한숨을 내쉬었다. 나는 죄인처럼 고양이를 안고 내 방으로 들어갔다. 고양이나 나나 신세가 처량하게만 느껴졌다. 그런데 이런 상황 속에서도 고양이는 새근새근 잠을 잘 잤다. 잠자는 모습이 평화로워 보였다. 나는 마지막 기대를 아빠한테 걸었다. 아빠는 내 편이 되어 줄지도 모른다.

"아주 가지가지 한다. 이제 허락도 없이 길고양이까지 데리고 들어오냐? 며칠만 데리고 있다가 건강해지면 밖에 내보내."

뒤늦게 들어온 아빠가 차갑게 한 말이었다. 내 기대는 보기 좋게 빗나가고 말았다.

고양이가 우리 집에 온 날부터 가족들은 나를 투명 인간 취급했다. 며칠 동안 가족들 눈치 보느라 방에 콕 박혀서 나가지도 못했다. 나는 고양이 이름을 '구박이'로 지었다. 처량한 내 신세와 꼭 닮아서다. 녀석이 불쌍해서 더 정성스럽게 보살펴 주었다.

조하나가 알려 준 대로 세 시간에 한 번씩 분유를 먹였다. 조하나가 준 작은 젖병으로 먹였는데, 처음에는 잘 빨지 못하다가 하루가 지나자 고무젖꼭지를 힘차게 빨기 시작했다. 구박이는 나날이 기력을 회복해 갔다. 방을 돌아다니고, 양말을 가지고 장난을 치기도 했다. 구박이가 건강해질수록 가족들 눈치가 더 보였다. 아빠와 약속한 대로 구박이를 내보내야 하는 시간이 점점 다가오고 있는 것 같아 초조해졌다.

조하나에게 구박이를 돌려주고 싶다는 말을 연습했지만 막상 조하나의 밝게 웃는 얼굴을 보면 그 말이 목구멍 안에 갇혀서 밖으로 나오지 않았다.

'그래, 딱 하루만이다. 하루만 더 데리고 있다가 돌려보내야지!'

늘 마음속으로 다짐만 하고 집에 돌아올 뿐이었다.

오늘도 결국, 수업이 끝날 때까지 고양이 데려가라는 말을 하지 못하고 집으로 향했다. 엄마와 새미한테 욕먹을 각오를 하며 힘없이 현관에 들어서는데, 거실에서 구박이랑 공놀이를 하고 있는 새미를 발견했다. 나는 놀라서 멍하게 새미를 바라보았다. 새미는 도둑질하다 들킨 것처럼 나를 보고 흠칫했다. 그러고는 무안한지 방긋 웃었다.

"오빠, 이 고양이 너무 귀여워."

순간, 내 귀를 의심했다. 새미가 나를 변태 대신 오빠라고 부르고 있었다. 새미가 오랜만에 존경스러운 눈빛으로 나를 올려다보았다. 어릴 때는 늘 그런 눈빛으로 나를 바라보며 귀찮을 정도로 졸졸 따라다녔었다. 이제 그런 눈빛은 바라지도 않는다. 변태라고 부르지 않는 것만으로도 눈물이 날 지경이었다.

"재민아, 엄마가 다시 생각해 봤는데, 이 고양이 그냥 우리가 키우는 게 좋겠다. 새미가 요즘 공부 스트레스 때문에 통 잠을 못 자고 신경이 많이 예민했는데, 고양이가 오고 나서 많이 좋아졌어. 어디서 들었는데 반려동물 키우는 게 새미 같은 아이들한테 좋다고 하더라. 그리고 너한테도 그렇고……."

새미가 요즘 많이 예민한 건 알고 있었지만, 그 정도인 줄은 몰랐다.

무엇보다 아빠가 갑자기 변한 게 놀라웠다.

"요 녀석, 아주 요물이 따로 없더구나. 애교가 얼마나 많은지……. 고양이 보려고 일찍 퇴근하고 싶을 정도라니까."

아빠는 헛기침하며 계속 말을 이었다.

"그리고 너처럼 성에 대한 호기심이 왕성한 청소년 시기를 동물을 돌보며 건전하게 보내는 것도 괜찮을 것 같다."

오랜만에 우리 집에 평화가 찾아온 느낌이었다. '운명'이라고 했던 조하나의 말이 떠올랐다. 조하나는 이 모든 걸 예견하고 구박이를 나에게 맡긴 걸까? 갑자기 궁금해졌다.

"고양이는 많이 건강해졌어? 요즘 어때?"

웬일로 일찍 학교에 온 조하나가 특유의 걸음걸이로 통통 걸어와서는 물었다.

"구박이? 잘 지내고 있지!"

"뭐야, 너희 집에서 구박받고 있는 거야?"

조하나 눈이 커졌다.

"아니, 처음에는 구박받았는데, 지금은 우리 집 보물이 되었어. 나도 구원해 주고 말이야. 이제 '구원이'라고 이름을 바꿀까 봐."

우리 집에서 불가촉천민이었던 나를, 변태 취급받던 나를 구원해 준 건 사실이었다.

"잘됐네. 구박이란 이름도 나쁘지 않네. 나도 구박이 보고 싶어. 너희 집에 놀러 가도 되지?"

"뭐, 우리 집에 오겠다고? 왜?"

나는 너무 놀라서 소리쳤다. 초등학생 때야 여자아이들도 자주 놀러 왔지만, 중학생이 되고 나서 내 손님으로 여자애가 우리 집에 방문한 적은 없었다. 구박이를 처음 집에 데려왔을 때 우리 가족의 반응이 떠올랐다. 아무래도 또 나를 이상하게 볼 게 틀림없다.

"안 돼."

"왜 안 돼?"

"그냥 안 돼."

"토요일에 갈 테니깐 가족한테 미리 이야기만 해 줘. 정말 구박이가 보고 싶어서 그래."

조하나의 일방적인 통보에 어이가 없었다.

"넌 우리 집이 어딘지도 모르잖아?"

"알아. 너 미도아파트에 살잖아. 토요일 한 시까지 갈게. 몇 동 몇 호인지 말해 줘."

조하나가 내 의견은 듣지도 않고 말했다. 나는 구박이를 처음 맡았을 때처럼 더는 싫다고 말하지 못했다.

계속 미루기만 하다가 토요일 오전이 되고서야 엄마, 아빠, 새미한테 조하나의 방문 소식을 전했다.

"오빠 여자친구 오는 거야? 헐, 대박!"

새미 말에 나도 모르게 얼굴이 뜨겁게 달아올랐다.

"아니야. 구박이 원래 데리고 있던 앤데, 우리 구박이 보러 온대."

"구박이 엄마가 찾아오는 거네. 헐, 더 대박!"

새미가 놀리듯 말했다.

나는 혹시 엄마 아빠가 조하나에게 가족에 대해 꼬치꼬치 물을까 봐 걱정되었다. 아무래도 조하나에 대한 이야기를 미리 해 두는 게 좋을 것 같아, 부모님이 없다는 이야기와 우리 아파트 아래 정원 넓은 집에서 할머니랑 둘이 산다는 이야기를 했다.

"아, 그 정원 넓은 집……. 할머니랑 둘이 살면 외롭겠다."

"그러게. 어린 나이에 딱하네."

엄마 아빠는 내 걱정과는 달리 따뜻하게 말했다.

"그 집 재벌 집이라고 소문났던데……. 그 언니랑 잘돼서 나중에 결혼하면 오빠도 재벌 되는 거야? 완전 대박 사건!"

새미 말에 엄마 아빠는 내 눈치를 보며 헛기침을 했다.

"새미야, 그런 이야기 하는 거 아니야. 오빠 친구로 놀러 오는 건데, 말조심해야지. 참, 내가 이럴 때가 아니지. 과일이라도 준비해야지……."

엄마는 자리에서 벌떡 일어났다.

"그러게. 너희들 뭐 하는 거니? 손님 오는데 청소부터 해야지!"

아빠도 갑자기 평소에 안 하던 청소를 시작했다.

조하나가 방문하기로 한 시간이 다가오자 점점 초조한 마음이 들었다. 정말 조하나가 우리 집에 오는 건지, 집은 잘 찾아올지 걱정이 되기도 했다. 미리 전화라도 해 보고 싶었지만 조하나가 휴대폰이 없어서 답답했다. 아이들 말로는 컴퓨터도 전혀 하지 않고 메일 주소도 없다고 한다. 나 같으면 하루도 못 살 것 같은데, 조하나가 신기할 뿐이었다. 이런저런 생각으로 초조함을 달래고 있는데, 따르르르 초인종 소리가 났다.

"우와, 진짜 왔어!"

인터폰을 확인한 새미가 재빨리 문을 열어 주며 호들갑을 떨었다. 조금 있다가 조하나가 안으로 들어왔다. 청치마에 하얀색 남방, 그리고 하늘색 카디건을 입은 조하나는 노란 소국을 한 다발 들고 있었다.

"어서 와라."

엄마와 아빠, 새미가 평소 모습과는 달리 천사 같은 표정으로 반갑게 맞아 주었다.

"저희 집 정원에 국화가 너무 예쁘게 피어서요. 선물로 드리려고 가져왔어요."

조하나가 환하게 웃으며 노란 소국을 엄마에게 건넸다.

"세상에, 예뻐라. 정말 고맙구나."

엄마는 감격했는지 함박웃음을 지었다.

거실 소파에 앉은 조하나는 주위를 두리번거리며 무언가를 찾았다. 눈치 빠른 새미가 재빨리 내 방으로 달려가서는 구박이를 안고 나왔다.

"언니가 원래 보호자라면서요? 얘 완전 귀여워요. 구박이 맡겨 줘서 정말 고마워요."

나한테는 무뚝뚝하게 굴던 새미가 살살거리며 애교를 떨었다. 그런데 그 모습이 싫지는 않았다. 새미와 조하나는 뭐가 재밌는지 깔깔 웃으며 한참 동안 수다를 떨었다.

"우리가 너무 오래 붙잡고 있었나 보다. 고양이 보러 온 건데."

엄마가 조하나 눈치를 보며 말했다.

"괜찮아요. 저는 새미랑 아주머니 아저씨랑 같이 이야기 나누는 것도 좋은걸요."

조하나의 말에 엄마 아빠 새미 표정이 더 밝아졌다.

"저는 언니 있는 애들이 정말 부러웠는데, 언니랑 이야기해서 넘 좋아요."

우리 가족은 조하나와 아주 오래전부터 알던 사이처럼 자연스럽게 웃고 떠들었다. 우리 가족도 신기하지만 조하나도 신기했다. 나 같으면 처음 방문한 친구네 집에서 가족과 이야기 나누는 게 결코 편하지 않을 것 같았다. 그런데 조하나는 학교에서 볼 때보다 더 자주 웃고, 말도 더 많이 했다. 결국 조하나는 우리 집에서 저녁까지 함께 먹었다.

저녁 식사를 마치고 엄마는 과일을 내 방으로 가져다주었다. 이제야 나와 조하나와 구박이, 우리 셋이 조용히 시간을 보낼 수 있게 되었다. 구박이가 보고 싶어서 조하나가 우리 집에 찾아온 건데, 정작 구박이와 놀 시간이 적어서 미안한 마음이 들었다.

"구박이 정말 많이 컸다. 예전 모습하고는 전혀 달라. 엄청 튼튼해졌네."

조하나는 전처럼 다정하게 구박이 등을 쓰다듬어 주었다. 구박이도 기분이 좋은지 눈을 감고 갸르릉 소리를 냈다.

"참, 구박이 선물 가져왔는데……."

조하나는 그제야 생각난 듯 가방에서 뭔가를 꺼냈다. 털실로 짠 빨간색 공이었는데, 만질 때마다 빠스락빠스락 비닐 소리가 났다.

"내가 직접 짠 거야. 안에는 사탕 비닐을 넣었어."

"와, 이런 것도 만들 줄 알아?"

"그럼, 나는 최고의 집사인걸."

구박이도 선물이 마음에 드는지 빨간 공을 툭툭 건드리며 장난을 치고 놀았다. 구박이가 노는 모습을 조하나가 사랑스러운 눈빛으로 바라보고 있었다. 이대로 시간이 멈추어 버렸으면 하고 바랐다.

시간이 꽤 늦어서 조하나를 집까지 바래다주게 되었다. 엄마 아빠 입에서 먼저 바래다주라는 말이 나와서 다행이었다. 밤거리가 조용해서 마음에 들었다.

"우리 가족 좀 시끄럽지?"

"아니, 오늘 정말 즐거웠어. 새미도 귀엽고, 어머니 아버지도 정말 좋은 분들이신 것 같아."

"좋게 봐 줘서 고마워."

"구박이가 좋은 가족을 만나서 기뻐. 구박이는 정말 행복하겠다."

조하나가 쓸쓸하게 웃었다. 조하나가 할머니랑 단둘이 사는 게 떠올라 괜히 미안한 마음이 들었다.

"구박이 사진 보내 줄까? 참, 너 휴대폰이 없지……."

"괜찮아. 가끔 이렇게 놀러 와서 보면 되지."

"그런데 너는 왜 휴대폰이 없어? 메일 주소도 없는 것 같은데……. 그럼 답답하지 않아?"

조하나가 갑자기 걸음을 멈추었다. 내가 무슨 실수를 한 것 같아 걱정이 되었다. 조하나는 잠깐 동안 말이 없다가 조용히 하늘을 올려다보았다. 그러고는 말을 이었다.

"이건 비밀인데……. 나, 사실은 스무 살까지밖에 못 산대."

"설마……. 거짓말이지?"

조하나의 말이 도무지 믿어지지 않았다.

"믿기 싫으면 관두든지……."

조하나의 말에 너무 충격을 받아서 다리에 힘이 풀렸다.

"병원에는 가 봤어? 무슨 병인데 그래?"

나는 화가 나서 물었다.

"자세히 말할 수는 없지만, 불치병이래. 그래서 휴대폰도 컴퓨터도 안 쓰는 거야. 이렇게 사는 게 내 인생을 낭비하지 않고 길게 사는 방법이라고 생각하거든."

그제야 체육 시간에 가끔 어지럽다며 스탠드에 앉아 있던 조하나의 모습이 떠올랐다. 그리고 조하나네 집이 그렇게 부자인데도 왜 학원을 안 다니고, 공부도 못하는지 알 것 같았다. 하기야 스무 살까지밖에 못 산다면 그깟 공부가 무슨 소용이 있을까?

"그렇다고 너무 슬퍼하지는 마. 난 아주 씩씩하게 잘 살고 있거든. 나는 죽고 나서 다시 우주로 돌아갈 거야. 나는 우주 소녀니까."

조하나가 쓸쓸하게 웃었다. 스무 살이란 나이가 까마득하게 멀게만 느껴졌는데, 조하나의 이야기를 듣고 나니 바로 가까운 미래처럼 생각되었다. 조하나에게 무슨 말이든 위로의 말을 하고 싶었지만, 바보처럼 아무 말도 하지 못했다. 바람이 더 차갑게 느껴졌다.

조하나를 집까지 바래다주고 돌아오면서 하늘을 올려다보았다. 오늘따라 별이 밝았다. 사람은 정말 우주에서 왔다가 우주로 돌아가는 걸까? 밤하늘의 별들이 어쩌면 오래전에 죽은 누군가의 영혼일지도 모른다고 생각하니 경이로운 마음이 들었다. 우주 소녀도 그곳으로 다시 돌아가게 될 거라는 생각에 눈물이 났다. 눈물은 멈추지 않고 계속 쏟아졌다. 주위가 어두워서 다행이었다. 그리고 무엇보다 조하나가 옆에 없어서 다행이었다.

긴 겨울방학이 시작되었다. 그리고 오랫동안 조하나를 만날 수 없었다.

"네 친구 말이야. 애가 참 예쁘고 싹싹하던데, 잘 지내고 있지? 언제 우리 집에 놀러 오라고 해."

"그러게, 할머니랑 둘이 산다며. 네가 연락도 자주 해 봐라."

"하나 언니 보고 싶다. 다음에 오면 타로 점도 봐 준다고 약속했는데……."

나는 아무런 대답도 하지 못했다.

"하기야 그렇게 부잣집 언니가 방학 때 집에 있겠어? 해외 어학연수 갔거나 유럽 여행 중이겠지. 하나 언니는 부자여서 좋겠다. 그런데 그 언니, 오빠 좋아하는 것 같던데……. 오빠 바라보는 눈빛이 좀 수상했어. 내가 여자의 직감으로 봤을 때, 뭔가 있는 게 틀림없어."

새미 말에 왠지 가슴이 설레었다. 조하나가 내 여자친구가 되는 상상을 해 보았다. 이야기도 잘 통하고, 우리 가족도 좋아하고……. 하지만 우리에게 함께 보낼 수 있는 시간이 많지 않다는 생각에 다시 우울해졌다.

조하나를 다시 만나게 되면 구박이를 데리고 함께 공원에도 놀러 가고, 영화도 보러 가고 싶었다. 그리고 지난번처럼 우리 집에 초대해서 늦은 시간까지 이야기를 나누고, 맛있는 저녁도 함께 먹고 싶었다. 학원에 갔다 올 때마다 정원 넓은 집 앞에서 걸음을 멈추었다. 그러나 조하나네 집 높은 철문을 마주 보면 초인종을 누를 용기가 사라져 버렸다. 긴 담벼락을 따라 집 주위만 뱅글뱅글 맴돌다가 집으로 돌아왔다. 이상하게도 자주 들려오던 고양이 울음소리도 더는 들리지 않았다. 세상이 텅 빈 느낌이었다.

개학 날 아침 일찍 학교에 갔다. 교실 문을 열자 먼저 온 아이들로 교실이 소란스러웠다. 오랫동안 잠들어 있던 교실이 다시 깨어나고 있었다. 창가로 들어오는 햇빛이 눈이 부셨다. 길고 지루했던 겨울이 지나고 있는 것 같아 반가웠다.

나는 자리에 앉아 뒷문을 계속 바라보았다. 금방이라도 조하나가 통통 튀는 걸음걸이로 교실 안으로 들어와서는 나를 보며 밝게 웃어 줄 것 같았다. 그럼 나는 어떤 표정을 지어야 할까? 그동안 만나지 못해 서운했던 감정이 표정으로 나오면 어떻게 하나, 애써 웃는 모습이 어색하지는 않을까 걱정이 되기도 했다. 그러나 담임이 들어올 때까지도 조하나는 나타나지 않았다.

"방학은 잘 보냈나? 모두 다 왔지?"

담임이 밝은 표정으로 물었다.

"아니요. 조하나가 아직 안 왔는데요."

나는 뒷문을 바라보며 서둘러 대답했다.

"아 참, 그러지 않아도 너희에게 해 줄 말이 있다. 방학 동안 조하나가 전학 갔다."

담임이 믿기지 않는 이야기를 했다.

"네? 조하나가 전학 갔다고요?"

너무 충격을 받아서 한동안 머릿속이 멍했다.

"너희들한테 마지막 인사도 못 하고 가서 미안하다고 전해 달라고 하더라. 오랫동안 할머니랑 둘이 살았는데, 어머니가 오셔

서 데려갔단다."

담임 말이 떨어지자마자 아이들이 술렁거렸다.

"뭐야? 조하나네 엄마 아빠 교통사고로 돌아가신 거 아니었어?"

"나는 두 분 다 병으로 돌아가신 걸로 알고 있는데……."

"헐, 왜 다들 말이 달라?"

"조하나, 그동안 우리한테 거짓말한 거네. 영혼을 보니 어쩌니 할 때부터 이상했어."

"근데 걔가 고양이 맡겨 놓고 갔는데 어쩌지?"

"뭐야? 나한테도 영혼이 맑다고 하면서 방학 바로 전에 길고양이 맡겼어."

"너한테도? 나한테도 그랬는데……."

아이들이 제각각 떠들어 댔다. 도대체 다들 무슨 말을 하는 건지 귀가 먹먹해지면서 어지러웠다. 더는 아무 소리도 들리지 않았다.

수업이 끝나자마자 조하나네 집으로 달려갔다. 용기를 내어서 초인종을 눌렀다. 진작 용기를 냈어야 했는데, 왜 이제야 초인종을 누르고 있는지 후회가 밀려왔다. 여러 번 초인종을 누르자, 나이 지긋한 할머니의 목소리가 들려왔다.

"누구세요?"

"저, 조하나 친구인데요. 조하나를 꼭 만나야 해서요."

"잠깐만 기다려 봐."

한참 뒤에서야 흰머리를 곱게 올린 할머니가 안에서 나왔다.

"무슨 일인데 그래?"

나는 서둘러 인사를 하고는 궁금한 걸 물었다.

"조하나가 전학 간 게 사실이에요? 집에는 다시 안 오나요? 엄마랑 같이 갔다는 말이 사실이에요?"

궁금했던 말이 멈추지 않고 계속 쏟아져 나왔다.

"학생, 좀 진정하고 이야기해. 우리 집에서 일하는 할머니 손녀 이야기인 것 같은데……. 제 엄마가 와서 데려갔어. 일하는 할머니가 잠깐만 데리고 있겠다고 해서 허락해 줬는데, 동네 고양이들을 자꾸 몰래 집에 들이니 내가 더러워서 참을 수가 있어야 말이지. 기분 나쁜 고양이 울음소리는 어떻고……. 뭐라고 하면 금방 내보내겠다고 해 놓고 또 들이고……. 애가 어찌나 거짓말을 잘하고 잔망을 떠는지……."

더는 그 이야기를 들을 수가 없었다. 나도 모르게 주먹을 불끈 쥐고 할머니를 노려보았다. 주먹을 쥔 손이 부들부들 떨렸다.

"아니, 이 학생이 갑자기 왜 이래? 어디서 버릇없이……."

할머니가 철문을 쾅 닫고 들어가 버렸다. 나는 한참 동안 철문 앞에 멍하니 서 있었다. 눈앞이 뿌예지면서 자꾸 눈물이 났다. 세상 모든 사람들이 조하나를 욕해도 나는 조하나를 믿는다. 조하나가 거짓말을 했다면 그럴 만한 이유가 있었을 거다. 아니, 차라리 모두 거짓말이었으면 했다. 그럼 스무 살까지밖에 못 산다는 말도 거짓말이 될 테니깐……. 그 말만은 꼭 거짓말이길 바랐다.

'나는 우주에서 왔어.'

조하나가 나를 보며 밝게 웃는 모습이 떠올랐다. 마지막으로 나에게 했던 말도…….

겨울방학이 시작되기 하루 전, 조하나가 늦은 저녁 우리 집에 갑자기 찾아왔다. 안으로 들어오라고 했지만 조하나는 급한 일이 있다며 잠깐만 밖에서 보자고 이야기했다. 무슨 큰일이라도 생겼나 걱정이 되었다. 다행히 조하나의 표정이 어둡지는 않았다.

"너는 내 말 믿지?"

"뭐, 네가 우주 소녀라는 거?"

조하나가 작게 웃었다.

"사실은 너에게 꼭 하고 싶은 말이 있어서……. 우리는 운명의 끈으로 이어져 있어. 오래된 빌라 사이 공터에서 우리가 마주쳤던 날, 햇볕을 막아 주려고 서 있던 네 모습을 잊을 수가 없어. 그때 네가 내 운명이라는 걸 느꼈어. 너에게서 밝은 빛이 났거든."

조하나가 조심스럽게 다가와 내 입술에 입을 맞추었다. 조하나가 떨고 있는 게 느껴졌다. 내 심장도 오랫동안 쿵쾅거렸다.

가을 햇살이 유난히 눈부시던 그날, 고양이와 함께 있던 조하나는 햇볕이 너무 뜨거운지 한 손으로 이마를 가리고 있었다. 내가 몸을 조금 굽히니, 그 아이의 이마로 떨어지는 햇볕을 막을 수 있었다. 나는 엉덩이를 쭉 빼고 엉거주춤 서 있었다. 조하나가 나를 힐끔 올려다보며 웃었다.

나는 아무한테도 그 이야기를 하지 않았다. 그리고 앞으로도 말하지 않을 거다. 사실 나도 그 아이에게서 밝은 빛을 보았다. 그 아이의 까만 눈동자 속에 수많은 별들이 가득 차서 눈부시게 빛나고 있었다.

이 책을 읽은 청소년 여러분에게 … 사랑의 입자

청소년 테마 소설 시리즈는 2014년 스물한 명의 작가들과 함께 『관계의 온도』 『내일의 무게』 『콤플렉스의 밀도』라는 제목의 소설집 세 권을 출간하며 시작되었습니다. 2015년에는 『존재의 아우성』 『중독의 농도』를 출간하였으며, 이제 여러분께 두 권의 테마 소설을 더 보내 드립니다.

우리는 '문학은 해답이 아니라 질문이다'라는 생각으로 이 시리즈를 시작했습니다. 소설을 통해 어떤 해답이나 교훈을 주려 하지 말자, 다만 독자들이 스스로 어떤 질문을 떠올릴 수 있으면 좋겠다, 라는 우리의 다짐과 바람은 이번에도 여전히 유효합니다.

여러분이 작품을 다 읽고 나서 "사랑이란 이런 것이다." "불안에 빠지지 않기 위해 우리는 이렇게 살아야 한다."처럼 특정한 답을 떠올리는 걸 바라지 않습니다. 그저 "사랑이란 무엇인가?" "불안은 삶에 어떤 영향을 끼치는가?" "그렇다면 내 삶은 어떻게 쓰여야 하는가?"와 같이 질문을 떠올릴 수 있으면 좋겠습니다. 그리고 그에 대한 해답을 천천히 찾아 가 주기를 바랍니다.

이 책은 '사랑'을 테마로 엮은 소설집입니다. 사랑을 정의하는 말은 너무나 많습니다. 한 가지 질병에는 한 가지 약이면 충분하다는 말이 있지요. 여러 종류의 약이 있다는 건 어느 약도 완벽하게 그 병을 치료하지 못한다는 뜻입니다. 마찬가지로 사랑에 대한 정의가 다양하다는 것은 그 어떤 정의도 사랑의 의미를 온전히 드러내지 못한다는 말이기도 합니다.

아이러니하게도 사랑에 대한 정의는 대개 사랑에 성공한 이들보다는 사랑으로 앓아 본 사람들이 그 경험을 바탕으로 내린 것들입니다. 내가 이렇게 했더라면 사랑에 실패하지 않았을 텐데, 하고 말이지요. 누군가 "사랑은 가장 소중한 것을 함께 나누는 것"이라는 정의를 내렸다면, 그 사람은 가장 소중한 것을 나누지 못해 사랑을 잃은 사람일 것입니다. 다음엔 반드시 가장 소중한 것을 나누겠다는 결심이지요.

하지만 막상 내게 사랑이 닥치고 나면 그런 말들은 크게 도움이 되지 않습니다. 대체로 사랑은 '그 후'에 발견되는 것이기 때문입니다. 사랑이라고 생각했지만 지나고 보면 아니었을 수도 있고, 아닌 줄 알았는데 지나고 보면 그게 사랑이었을 수도 있습니다. 겪고 나야 사랑의 정의를 온전히 이해할 수 있고, 나만의 정의를 내릴 수 있습니다. 사랑은 스스로 겪어 내는 것이기 때문입니다.

자크 라캉이란 정신분석학자는 사랑을 "자신이 갖고 있지 않은 것을, 그것을 원하지 않는 누군가에게 주는 것"이라 했습니다. 이게 말이 되나 싶지요? 사랑은 그만큼 어렵고 불가해하며, 불가능에 가까운 일이라는 뜻일까요? 이 정의는 다양한 해석이 가능한데 저는 나름대로 이렇게 생각했습니다.

'자신이 갖고 있지 않은 것'이란 진짜 갖고 있지 않은 것이 아니라 '갖고는 있으나 자신이 갖고 있는지를 모르는 것'을 뜻합니다. 무의식 속에 잠재되어 있는 무언가를 말하는 거지요. 내가 갖고 있지 않은 걸 억지로 만들어서 주라는 뜻이 아니라, 내가 갖고 있지 않다고 생각했지만 갖고 있을 그 무엇을 찾아보라는 것입니다. 나를 깊이 들여다볼 수 있어야 진정한 사랑을 할 수 있다는 말이지요.

'그것을 원하지 않는 누군가에게 주는 것'이라는 말에 대해 생각해 볼까요? 상대방이 원하지 않는 그 무엇을 준다는 건 폭력이지요. 라캉이 폭력을 정당화하기 위해 이런 말을 한 건 아닙니다. 라캉은 사람들은 다른 사람이 원하는 것을 자신이 원하는 것인 양 여기며 살아간다고 했습니다. "인간은 타자의 욕망을 욕망한다."라고 말했지요. 곰곰이 생각해 보세요. 내가 갖고 싶어 하는 물건이나 직업이, 내가 정말로 간절히 원하는 것인지를요. 이걸 가져야 친구들 사이에서 대접받을 수 있어서, 또는 부모님이나 주변 사람들이 원해서인 경우가 많지 않을까요?

내가 사랑하는 사람도, 자신이 진짜 원하는 게 무엇인지 모를 거예요. 그가 진짜 원하는 게 무엇인지 알기 위해서는 어떻게 해야 될까요? 내가 갖고 있지 않은 것을 주기 위해 나를 깊이 들여다봐야 하는 것처럼, 사랑하는 그를 깊이 들여다봐야 하겠지요.

사랑에 대한 정의를 좀 더 살펴볼까요? 에리히 프롬이라는 정신분석학자이자 사회학자가 쓴 『사랑의 기술』이라는 책이 있습니다. 제목 때문에 연애의 테크닉을 알려 주는 책인 줄 알고 보면 엄청 실망한답니다. 사랑의 본질에 대해 깊이 성찰한 책이거든요.

프롬은 이 책에서 사랑을 "사랑할 수 있는 능력, 힘"이라 정의합니다. 그리고 사랑의 조건으로는 사랑하는 대상에 대한 보호, 책임감, 존경, 그리고 사랑하는 대상에 대한 앎과 사랑에 관한 지식을 들었습니다.

어떤 사람이 나를 사랑하는지 아닌지 확인할 방법이 생겼네요. 나를 보호하려는 마음이 없어 보이고, 나에게 책임감을 느끼는 것 같지도 않고, 나를 존경하지도 않는 데다, 나에 대해서나 사랑에 대해 제대로 알지도 못하는구나 싶으면 이 관계를 의심해 봐야겠다는 생각이 들 거예요. 그런데 프롬은 바로 이것이 문제라고 했습니다. 사람들은 어떻게 하면 내가 사랑을 받을까만 생각하지, 내가 어떻게 사랑할 것인지는 별로 생각하지 않는다고요. 거꾸로 나는 그 사람에게 정말로 책임감과 존경심과 보호하려는 마음을 갖고 있는지, 그 사람에 대해 내가 얼마나 알고 있는지를 생각해 봐야 합니다. 즉 사랑받기 위해, 매력적인 내가 되기 위해 노력해야 하는 게 아니라, 사랑할 수 있는 능력과 힘을 기르기 위해 스스로를 들여다보고 성찰해야 한다는 거지요. 라캉의 말과도 연결되지요?

프롬은 "사랑처럼 엄청난 희망과 기대 속에서 시작되었다가 반드시 실패로 끝나고 마는 활동이나 사업은 찾아보기 어려울 것이다."라는 말도 했어요. 세계에서 가장 유명한 사랑에 대한 책을 쓴 그도 이 말처럼 실제 삶에서는 쓰디쓴 실패의 경험을 여러 번 했답니다. 아까도 말했지요? 사랑에 대한 정의는 대체로 실패한 이들이 내리는 거라고요.

여러분도 사랑에 대한 각자의 정의를 '반드시' 내려야만 합니다. 소소하게든 심각하게든 누구나 사랑의 실패를 경험합니다. 사랑을 정의한다는 건, 실패한 사랑으로부터 무언가를 배웠다는 것을 뜻합니다. 다시 실패하지 않기 위해서 말이지요. 많은 이들이 사랑의 실패를 상대방 탓으로 돌리거나 사랑의 유통기한은 3년, 아니 1년! 원래 그런 거야 하며 넘어가곤 합니다. 이렇게 아무것도 배우지 못하면 매번 같은 이유로 사랑에 실패하거나 가짜 사랑을 진짜인 것처럼 믿고 헛된 삶을 살아갈 수밖에 없을 겁니다. 그 과정에서 우리는 감당하기 힘든 고통을 받거나 주겠지요. 그래서 우리는 나 자신에 대해 성찰하며, 사랑에 대한 정의를 거듭 내려야만 합니다. 그 과정에서 우리는 진정으로 누군가를 사랑할 줄 아는 사람이 되어 갈 것입니다.

부모로부터의 정서적 독립이라는 필생의 과제를 수행해야 하는 청소년기에 사랑의 경험은, 그것이 짝사랑일지라도 매우 중요합니다. 사랑은 우리에게 엄청난 감각의 확장과 감정의 진폭을 경험하게 해 줍니다. 누군가를 좋아하게 되면 세상은 더 선명하게 보이고(안 풀릴 때는 더 칙칙하게 보이기도 하고), 흥겨운 노래는 더 신나게(역시 안 풀리면 우울한 노래가 더 우울하게) 들립니다. 그동안 익숙했던 세상이 갑자기 낯설게 보이는 거지요. 이러한 감각과 정서의 확장은 나와 타인, 나와 세계와의 관계에 대한 인식의 확장을 불러일으킵니다. 내가 전부라고 생각했던 세상이, 사실은 전부가 아니라는 걸 알게 되는 거지요. 자기를 중심으로 또는 부모님과의 2자 관계 속에 존재하던 내가 아니라 다른 이들과의 관계 속에서의 나, 세계 속의 나를 발견하게 하는 겁니다.

저는 연애 관계에서의 사랑에 대해서만 말했지만 이런 사랑만 존재하는 건 아니랍니다. 두 사람 사이의 이끌림 외에도 가족에 대한 사랑, 인류에 대한 사랑, 학문과 지식에 대한 사랑, 신에 대한 사랑 등이 존재하지요.

다양한 사랑을 가만히 살펴보면, 사랑은 배타적인 게 아니라는 걸 알 수 있어요. "너만 있으면 돼!" 또는 "너를 사랑하는 나만 있으면 돼!"가 아니랍니다. 그런데 유독 두 사람 사이의 이끌림은 배타적인 경우가 많습니다. '나의 사랑'을 유지하기 위해 '타인은 어떻게 되든 상관없어.'라고 생각하는 사랑은 유아기를 벗어나지 못한, 성숙하지 않은 사랑이에요.

2차 대전을 배경으로 한 〈쉰들러 리스트〉란 영화에서 인간 사냥을 하는 잔혹한 독일군 장교가 남몰래 유태인 가정부를 사랑해서 고통스러워하는 장면이 나옵니다. 그가 진정 그녀를 사랑한다면, 아침마다 하는 유태인 사냥을 멈춰야 합니다. 그녀가 소중한 만큼 그녀를 둘러싼 그 모든 것들도 소중히 여길 수 있어야 하죠. 그렇게 하지 않는 그의 사랑은 진정한 사랑이 아닙니다. 자신에게 결여된 것을 보상받으려는 그릇된 집착일 뿐이지요.

부모님에게 받지 못한 것을 사랑하는 이를 통해 보상받으려는 사람들, 사랑하는 이를 우상처럼 숭배하는 사람들, 실재하는 대상을 사랑하지 못하고 가상의 경험으로만 사랑을 이해하는 사람들도 있어요. 이것들은 진정한 사랑이라고 할 수 없습니다.

사랑하는 능력이 커지면 두 사람 사이의 이끌림도 배타성을 벗어나게 된다고 합니다. 아니 벗어나도록 노력하게 된다는 말이 더 정확하겠군요. 한 대상에 대한 사랑은 배타성을 넘어, 뜨거운 감정의 폭발과 휘발을 넘어 더 크게, 멀리 확장되어야 합니다. 사랑의 능력이 우리에게 주어진 이유는 바로 이것 때문입니다.

이 소설집은 사랑이라는 테마를 갖고 있지만 그 테마에 얽매이지 않고 자유롭게 읽어 주시면 좋겠습니다. 우리가 제시한 테마는 울타리 같은 것이 아닙니다. 중심점 또는 표지석과 같은 것으로 이해해 주시면 좋겠습니다. 이 소설집에 참여한 일곱 명의 작가들은 세상에 존재하는 다양한 형태의 사랑에 대해 나름의 소설적 정의를 내려 보려 했어요. 사랑은 개별적 경험이지만 배타적인 것도 고립된 것도 아닙니다. 사랑은 이 세상 모든 것과 다 연결되어 있습니다.

_일곱 명의 작가를 대신하여 엮은이 유영진 드림